दस प्रतिनिधि कहानियाँ
कमलेश्वर

किताबघर प्रकाशन
नयी दिल्ली

दस प्रतिनिधि कहानियाँ सीरीज़

दस प्रतिनिधि कहानियाँ

कमलेश्वर

प्रकाशक
किताबघर प्रकाशन
4855-56/24, अंसारी रोड, दरियागंज, नई दिल्ली-110002
फ़ोन : 011-23266207, 41584421
E-mail : kitabgharprakashan@gmail.com
website : www.bookshindi.com

पेपरबैक संस्करण : 2024

आवरण : रवि शर्मा

मूल्य : दो सौ पचास रुपये

मुद्रक : आर. के. ऑफसेट
शाहदरा, दिल्ली-110095

DAS PRATINIDHI KAHANIYAN *(Stories in Hindi)*
by Kamleshwar
Price : ₹ 250 (Paperback Edition)

ISBN—978-81-7016-210-0

अपनी कहानियों के बहाने !

कहानी लिखना जितना कठिन है, उससे ज़्यादा कठिन है, कहानियों की भूमिका लिखना। कहानी तो एक जीवंत अस्तित्व है, जो अपना जन्म अपने आप लेती है। भूमिकाएँ उसकी जन्मपत्रियाँ बन जाती हैं और साहित्य के ज्योतिषी-आलोचक तब अपने अधकचरे ज्ञान-शास्त्र के सहारे कहानियों का भविष्यफल लिखते हैं।

हिंदी में ऐसे एक ज्योतिषी आलोचक रहे हैं जो कहानीकारों और कहानी का भविष्यफल लिखने और घोषित करने में विशेष दक्षता रखते रहे हैं। अपने आलोचकीय धंधे में उन्होंने अन्य आलोचकों के ज्योतिष केंद्र बंद करवा दिये, क्योंकि वे व्यवस्था और सत्ता के संस्थानों में साहित्य की और साहित्य में संस्थानों की कृपाशक्ति और नक्षत्रों की गति-गणना में बराबर लगे रहे। हिंदी कहानी की दुर्गति में इस कर्मकाण्डीय आलोचना का बहुत बड़ा हाथ है।

इसी के साथ साहित्यिक परिसर में संस्थानों के अनगिनत अवैध निर्माण हुए और उनकी पत्रिकाओं ने कविता और कहानी को 'पान पराग' और 'रजनीगंधा पान मसाला' की तर्ज़ पर तैयार करवाया और अपने ब्राण्ड के कवि-कथाकारों का पंजीकरण करने की परिपाटी स्थापित की। पंजीकरण की इस पद्धति ने रचना को नहीं, पालतू लेखकों को होटलीय संस्कृति में भोजन की फहरिस्त की तरह परोसा और उनके स्वादिष्ट होने के प्रमाणपत्रों के सहारे संस्थानीय स्पर्धा में नाम कमाया। साहित्य की पाठकविहीनता में इस संस्थानीय अप-संस्कृति का हाथ है।

तीसरा आयाम पुरस्कारों का है। आज हिंदी के क्षेत्र में छोटे-बड़े इतने पुरस्कार मौजूद हैं कि उनकी गणना कर सकना संभव नहीं है। साहित्यकार को संगीत का पुरस्कार मिला है या संगीतकार को साहित्य का, यह फर्क भी आज का पाठक नहीं कर पाता। कौन किसको बुलाकर क्यों पुरस्कृत कर देता है, इसका अनुमान भी नहीं होता। पुरस्कारों के बाज़ार में नाम की महिमा अपरम्पार है। शायद ही कोई ऐसा दिवंगत साहित्यकार बचा हो, जिसके नाम का पुरस्कार-प्रसाद खाकर पुरस्कार प्राप्तकर्ता विषाक्त महिमा से प्राणरहित न हुआ हो ! अकादमियों और सेठाश्रित पुरस्कारों ने अधकचरे और अधमरे व्यक्तियों को शाश्वत साहित्य-प्रणेता और अपने रचनाकाल में रचनाहीनता के कारण असंगत रहे लिक्खाड़ों की खोज और शोध का ज़िम्मा उठा लिया है। इससे एक ओर साहित्यहीनता का शून्य विकसित हुआ है और दूसरी ओर काले धन का मुँह उजला करते दानवीरों की कालिख पूरे लेखक वर्ग का मुँह काला करने का काम करने लगी है। इसने शिखण्डी लेखकों की जमात को खड़ा किया है।

और, राजनीतिक पार्टियों ने धारदार लेखकों को खुद उन्हीं की मूल धारा से काटकर अपनी हिंदुत्ववादी या अतिक्रांतिवादी नहरें निकालकर उन्हीं लेखकों के विचार और रचना के अजस्र स्रोत को सुखा देने और असंगत बना देने की दुरभिसंधि की है। उन धारदार लेखकों के लेखन और विचारों में पैदा हुए इस अन्तर्विरोध ने व्यक्तित्वों और सोच को सीमित तथा छोटा किया है और इसी से रचना का अवमूल्यन हुआ है।

साथ ही कुछ यशल्लोलुप सम्पादकनुमा लोगों ने साहित्य के नाम पर चाट, चाटुकारिता और चटखारे के लिए चटकलें चला रखी हैं, जो साहित्यकार-कहानीकार होने के फर्ज़ी सर्टिफिकेट जारी करने में महारत हासिल कर रही हैं, जिसके कारण कविता-कहानी के रचनागार में नकली प्रमाणपत्रों वाले आवेदकों की भीड़ बढ़ गई है और रचना की पहचान खो गई है। कहानी का तथाकथित अवसान कथा-आंदोलनों से नहीं, ज्योतिषीय आलोचनाओं और जाली सर्टिफिकेट जारी करने वाले, पुरस्कार और प्रशंसापोषित उन घटिया संस्थानों और पत्रिकाओं से हुआ है जो रचनाहीनता की स्थिति को प्रचारित करके एक बनावटी रचना-शून्य को स्थापित करने में संलग्न हैं।

इस छद्म महाशून्य और पाठकहीनता के बावजूद प्रखर रचनाएँ लगातार आती रही हैं, क्योंकि रचना का शून्य रचना से इतर कारणों, जिनका मैंने उल्लेख किया है, उन्होंने पैदा किया है जिससे ऊबकर पाठक विमुख हुआ है....अन्यथा तमाम पैनी और जीवंत कहानियाँ आज के नये रचनाकारों द्वारा लिखी जा रही हैं, पर उन पर ध्यान और चर्चा केंद्रित नहीं है, क्योंकि हिंदी आलोचना ने कहानी को कभी 'एक सम्पूर्ण कृति' के रूप में लिया ही नहीं। कथा-आलोचना कहानी के सहारे अपने मानदण्डों का शास्त्र रचती रही, उसने कभी कहानी को उसकी इयत्ता में परखा ही नहीं। वे यही बताते रहे कि विंध्याचल, सतपुड़ा, हिमालय, अरावली के पहाड़ों को कैसा होना चाहिए था, यां इन पहाड़ों और चट्टानों से उनकी अपेक्षाएँ क्या हैं—उन्होंने कभी किसी कथा रूपी पहाड़ को उसकी 'प्राकृतिक संरचना' के रूप में विश्लेषित नहीं किया। हमारी आलोचना फतवों की परम्परा निबाहती रही है। इसीलिए हमारे ज्योतिषी-आलोचक कहानी में सामान्य जन की समांतर उपस्थिति से और सम्पूर्ण क्रांति नहीं, सम्यक् क्रांति और परिवर्तन की अवधारणा से त्रस्त होकर रचना और कथालोचना का क्षेत्र सैक्सवादियों को सौंपकर संन्यासग्रस्त हो गए। 'जनवादी सैक्स' के इस दौर में हमें उस जनवाद को फिर व्याख्यायित करना होगा जो सामान्य जन और हमारे दौर के मामूली आदमी का सत्य और तथ्य है। जो कहानी का नैतिक, आर्थिक, सामाजिक और सांस्कृतिक यथार्थ है! सैक्स-कुंठाओं की पूजा-अर्चनावादी-कर्मकाण्डी दृष्टि से अलग, दलितों की मात्र जातिवादी पहचान से पृथक्, हमें आज की कहानी में मौजूद उस सतत परिवर्तन-कामी मानवीय यातना के स्वर को पहचानना और रेखांकित करना पड़ेगा, जो इस दौर की कथा-रचना का मूल स्वर है!

और यदि शलभ श्रीरामसिंह के शब्दों में कहूँ तो—'यह बीतती हुई सदी बीत

जाएगी, पर अगली सदी किसी महामानव और महान रचना की प्रतीक्षा में अपनी बाँहें खोले खड़ी रहेगी !'

....

मेरी कहानियाँ उसी प्रतीक्षा की कहानियाँ हैं !

शायद कुछ परिवर्तित होने की प्रतीक्षा ही मेरी कहानियों की आधारभूमि है। शाश्वत और निरपेक्ष सत्य औरों के पास होगा, मेरे पास नहीं है, यदि कुछ है तो शायद समयगत सापेक्ष यथार्थ, जो इकहरा नहीं, बहुत उलझा हुआ है।

कहानियाँ लिखते हुए हमेशा मुझे अपनी अधीरता और अक्षमता का एहसास हुआ है। मेरी कहानियों में कोई एक बात पूरी ही नहीं पड़ती। कई-कई बातें मिलकर एक बात बनती है। कई घटनाएँ मिलकर एक घटना बनती है। कई दुःख मिलकर एक दुःख बनता है....कई प्रतीक्षाएँ मिलकर एक प्रतीक्षा बनती है। कई शब्द मिलकर एक शब्द बनता है। इसीलिए कहानी लिखना मुझे बहुत कठिन लगता है।

और अंत में एक बात—मैं हिन्दी नहीं लिखता, मैं हिन्दी में कहानी लिखता हूँ !

5/116, इरोज़ गार्डन
सूरजकुण्ड रोड, नई दिल्ली-110044

कमलेश्वर

1-6-94

क्रम

कोहरा

पियरे की बात मुझे बार-बार याद आ रही थी—पैसे से उजाला नहीं होता ! अगर होता, तो हमारा देश सूरज को खरीद लेता ! लेकिन तुम सूरज नहीं खरीद सकते !

उस वक्त हम एक छोटी-सी घाटी में खड़े हुए थे। रीथ भी साथ थी। तभी उस घाटी में एकाएक सूरज ऐसे निकला, जैसे किसी ने आसमान से तेज रोशनी जलाकर हमें देखा हो···फिर वह रोशनी एक मिनट में ही धीरे-धीरे बुझने लगी थी। मौसम फिर धुँधला और उदास हो गया था।

रीथ ने बड़ी कोमलता से पियरे को देखते हुए पूछा था—तुम अपने ही देश से इतने नाराज़ क्यों हो ?

—हर नौजवान अपने देश से नाराज़ है ! पियरे ने तीखा-सा जवाब दिया तो रीथ उसी तरह चुप हो गई जैसे हिंदुस्तानी लड़कियाँ लगभग चुप हो जाती हैं···प्रश्न उसी तरह से आधे-अधूरे लटके रह जाते हैं।

हवा तीखी थी। खुली घाटी में उस तीखी हवा को सहना अब मुश्किल हो रहा था। रीथ के खुले बाल उड़ रहे थे। उनसे हल्की-हल्की गरमाहट और महक की छोटी-छोटी लहरें आतीं और सर्द हवा की बड़ी लहरों में खो जातीं। चारों तरफ कोहरा गिरने लगा था···हमें पतझड़ से भरे जंगलों में से होते हुए वापस लौटना था। आखिर खुली घाटी में कोई कब तक रुक सकता है···कुछ ऐसी ही बात पियरे ने भी कही थी जो मेरे अवचेतन में ठहरी हुई थी। रीथ के पास से कभी-कभी ओस भीगी घास की गंध फूटती थी, कभी पतझड़ के सूखे पत्तों की कोसी-कोसी महक। मुझे लगता था कि उसकी इस गंध का कुछ हिस्सा मेरा भी था, पर वह बात वहीं रुकी थी···महाबलेश्वर की उस चट्टान पर जहाँ खड़े होकर दोनों ने सूर्यास्त देखा था। कोयना घाटी में पूरे दिन घूमकर और थककर हम दोनों लौटे थे। बात तो कुछ भी नहीं थी, पर जितनी थी, उसी से रीथ ने समझ लिया था और बिना किसी बहाने के बता दिया था। तब बिलकुल एक हिंदुस्तानी की तरह, प्रकृति और उसके मोहक मिथक को रोमानी विश्वास में बाँधते हुए उसने कहा था—मुझे लगता है कि किसी चट्टान पर खड़े होकर जो कुछ कहा जाता है···उसका कुछ अर्थ होता है···

—मैं समझा नहीं !

—यही कि मैं तुम्हें कोई वचन नहीं दे सकती !

—मैंने तो कोई वचन नहीं माँगा ! मैंने उसे आश्चर्य से देखा था।

—माँगा तो नहीं, पर तुम्हारा मन माँगने के लिए तैयार है···तो अच्छा है न कि

मैंने तुम्हें पहले ही आगाह कर दिया, ताकि तुम्हें बुरा न लगे···देखो 'डी' ! जब मैं भारत चली थी, तो लूज़ान में पियरे ने कहा था···मेरा इंतजार करना !···मैं ···मैं उसका इंतज़ार करने के लिए मजबूर हूँ, क्योंकि मैंने उससे कहा था—अच्छा !···

और तब से मुझे मालूम है कि रीथ और मेरे बीच कुछ भी घटित नहीं हुआ था और वह किसी का इंतज़ार करती रही और मैं किसी का···महाबलेश्वर की कोयना घाटी में हम दोनों फिर आदिवासियों के बीच काम करने लौट गए थे···जीप में बैठे-बैठे रीथ ने कहा था—पता है, ऑस्कर वाइल्ड ने क्या लिखा है ?

—किस संबंध में ?

—उसी के बारे में जिसके बारे में तुम सोच रहे थे !

मैं फिर आश्चर्य में पड़ गया। रीथ हमेशा मन की बातों को रहस्यमय बना देती थी। वह खुद ही बोली—यही लिखा है कि शादी वह रोमांस है जिसमें कोई एक मुख्य पात्र पहले ही अध्याय में मर जाता है···

मैं रीथ के मन में उठ रहे ज्वार-भाटे को पहचान रहा था। हालाँकि हमारे बीच इस तरह की बातों के लिए कोई बहुत गहरी इच्छा या आकांक्षा नहीं थी···पर दोस्तों की तरह हम यह बातें भी कर सकते थे।

—एक बात है न ?

—क्या ?

—यही कि एक-दूसरे को चाहने से ज़्यादा उन चीज़ों और बातों की ज़रूरत होती है, जिन्हें दोनों मिलकर चाह सकें !

—या कुछ बातों और हालातों से एक-सी नफरत कर सकें ! मैंने बात का रुख बदल दिया था।

—यह तुम्हारी सोच नहीं है !

—तुम मुझे कितना जानती हो ?

—तुम्हें ज़्यादा नहीं, पर तुमसे ज़्यादा भारत को जान सकी हूँ···

उसी के कुछ दिनों बात मैं कोयना से लौट आया था। रीथ का कुछ काम बाकी था, वह तीन महीने बाद लौटी, बंबई में मिली। उसने पियरे से फोन पर बात की और चौथे दिन अपने देश स्विट्ज़रलैंड लौट गई।

यह तो आकस्मिक ही था कि लूज़ान के जिस कम्यून में मुझे ठहरना था, रीथ और पियरे भी उसी कम्यून में रह रहे थे। हम विश्वास ही नहीं कर सके थे कि हम इस तरह, एक-दूसरे को कभी याद किए बिना, यों मिल जाएँगे ! यह तो मुझे मालूम था कि रीथ लूज़ान में रहती है, उसका पता भी मेरे पास था, पर नए वर्ष का एक कार्ड उस पते से लौट आया था। बस, मेरे और रीथ के बीच का वही अंतिम एहसास था। मैंने तो फिर भी कार्ड भेजा था, रीथ ने अपने देश पहुँचकर एक लाइन का पत्र तक नहीं लिखा था। मन में न कोई नाराज़गी थी न उदासी। पर इस तरह एक घटना के रूप में मिलकर

मुझे खुशी बहुत हुई थी····यह तो कभी सोचा ही नहीं था। इतना नाटकीय था यह मिलना कि हम अवाक्-से रह गए। फिर रीथ ने पियरे से मेरा परिचय करवाया था। मुझे अच्छा यह भी लगा था कि रीथ अब पियरे के साथ थी। यानी महाबलेश्वर की उस चट्टान पर खड़ी रीथ ने जो कुछ कहा था, उसमें सचमुच कुछ अर्थ था। शादी उन्होंने अभी नहीं की थी····पर वे इस कम्यून के दो सदस्यों की तरह अलग-अलग कमरों में रह रहे थे····साथ होने का यह नितांत निःसंग सुख था।

रीथ मुझे चाय पिलाने अपने कमरे में ले गई थी। बाहर शुरू सर्दी की पैनी हवा चल रही थी। खिड़की से दिखाई देती पहाड़ियाँ कोहरे में डूबी हुई थीं। लगता था वे सफेद मफलर लपेटे थीं।

—यह कितना अजीब है!

—क्या?

—इस तरह मिलना! कहते हुए रीथ मेंथल की चाय बनाती रही।

—हाँ! कहकर मैं दीवार पर चिपके एक पोस्टर को देखता रहा—वह एक व्यंग्य-पोस्टर था। तमाम भेड़ें सिर झुकाए एक साथ चली जा रही थीं, झुंड की झुंड!

—हम सेठों के सेठ हैं! चाय रखते हुए रीथ बोली।

—मतलब?

—यानी हम स्विट्ज़रलैंड वाले····हम सेठ मुल्कों का पैसा अपने यहाँ रखते हैं····हम पैसे से पैसा उगाते हैं!

—और गरीब मुल्कों को तुम्हारा देश हथियारों के स्पेयर पार्ट्स बेचता है!

—ताकि गरीब देशों में उन्नति न हो! यह पियरे की आवाज़ थी। वह दरवाज़े पर दस्तक देकर अंदर आ गया था। रीथ ने चाय तीन हिस्सों में बाँट दी। हम चाय पीने लगे।

—यह व्यंग्य-पोस्टर क्या है?

—यह स्विस मज़दूरों की विफल हड़ताल पर एक टिप्पणी है। सारी भेड़ें सिर झुकाए वापस लौट रही हैं····

—यह लिखा क्या है····रेतो अला नारमेल····

—यानी सब सामान्य हो गया है! रीथ ने अंग्रेज़ी में बताया। चाय के घूँट से उसके होंठ भीगकर बड़े मोहक हो गए थे। पर इस भारतीय मन में यही बात बार-बार उठती थी—यह मेरे लिए नहीं····यह मेरे लिए नहीं····अनासक्ति का भारतीय महामंत्र।

—हम दवाएँ बनाते हैं! यह पियरे का स्वर था—पूरी दुनिया को दवाएँ देते हैं, पर हमारे पास अपने रोगों की दवा नहीं है····

रीथ ने बड़ी कातर दृष्टि से पियरे को देखा था—डी! हर वक्त अपने देश से नाराज़ रहना कोई बहुत अच्छी बात नहीं है····

और यह 'डी' सुनकर मेरे मन में कुछ झनकार-सी उठी थी। शायद रीथ भूल गई

थी। उसने भारत में कई बार इसी 'डी' से मुझे पुकारा था। लेकिन पियरे ने रीथ की बात की ओर कोई खास ध्यान नहीं दिया था, वह बोला था—हमारे देश की दवाई कंपनियों में सभी पड़ोसी देशों के मजदूर रोज़ाना आते हैं और शाम को इंटरनेशनल ट्रेनों से अपने देशों-घरों को लौट जाते हैं...दूसरी सुबह फिर आते हैं...फिर लौट जाते हैं, फिर आते हैं...इसी में दिन पर दिन बीतते जाते हैं...आजकल थोड़ी क्राइसिस है, योगोस्लाविया देश ही दुनिया के नक्शे से मिट गया, सोवियत यूनियन की तरह...अब योगोस्लाव मज़दूर नहीं आते...वे दवाएँ बनाने की जगह हाथों में गन लिए अपने ही सर्बियन या क्रोशियन या बोसनियन लोगों को मार रहे हैं...

—यह अच्छा है क्या ?

—अच्छा हो या न हो...हम हत्याओं का विरोध तब करते हैं, जब उनका असर हमारी अर्थव्यवस्था पर पड़ता है, नहीं तो हम खुद हत्याओं के लिए हथियारों का सौदा करते और मुनाफा कमाते हैं !

—डी, तुम बहुत नाराज़ हो ! कहते हुए रीथ ने उसके बालों को लहरा दिया।

—चलो ! इन्हें घुमा लाएँ ! पियरे ने चाय के प्याले उठाते हुए प्रस्ताव रखा था।

और हम तीनों लेमॉन के तट से होते हुए, चिनार के दरख़्तों के झड़ते पीले और लाल पत्तों के कालीन पर से गुज़रकर इस खूबसूरत छोटी-सी घाटी में आ गए थे। पठार पर बसा है लूज़ान...पठार भी समतल नहीं, ऊँचा-नीचा।

पियरे का मन, लगता था कि कभी-कभी एकदम उचट जाता था। वह बातें करते-करते अपने भीतर समा जाता था। बहुत खूबसूरत आदमी था पियरे...पर उसके भीतर क्या चटका हुआ था, यह मुझे तब तक पता नहीं था। मन में ज़रा-सी देर के लिए यह भी आया था कि पियरे कहीं मुझसे ही तो खीझा हुआ नहीं था ? रीथ ने उसे कुछ बताया होगा...उन थोड़े से भारतीय दिनों के बारे में, तो कहीं उसके मन में मैं तो नहीं खटक रहा धा ! यों बताने के लिए था भी क्या, वह तो एक नाटक-भर था, जो हमने खुद लिखा और खुद ही खेला था...पर जिसके पात्रों को हमने जिया नहीं था। यूँ भी रीथ और पियरे के सघन संबंधों में कोई वर्जना या हिचक भी दिखाई नहीं दी थी।

धीरे-धीरे हम पठार और उस घाटी में उतर आए थे। पियरे रीथ का हाथ थामे हुए था।

नीचे उतरते हुए रीथ ने पियरे से पूछा था—अब तुम्हारा मन क्या कहता है ?

मैं संदर्भ नहीं समझ पाया। वह बात मेरे लिए थी भी नहीं।

पियरे ने उसे ही उत्तर दिया—सुबह तक सोचूँगा !

—तुम अपनी आत्मा को इतना मत झकझोरो !

मुझे लगा कि यह उनकी व्यक्तिगत बात थी, पर पियरे के उत्तर ने मेरे कयास को तोड़ दिया। वह तल्खी से बोला—इन लोगों ने किसी की आत्मा को छोड़ा है क्या ?...आत्मा है कहाँ ?

रीथ फिर हिंदुस्तानी लड़की की तरह चुप हो गई थी और हम रास्ते-भर लगभग चुपचाप चलते हुए कम्यून में लौट आए थे। शाम हो रही थी।

खाने का बड़ा कमरा। वहीं सूचनावाला बड़ा बोर्ड लगा था। पता चला कि एक साथ खाने के लिए सब यहीं जमा होते थे। पर कुछेक उस बोर्ड पर अपनी अनुपस्थिति का संदेश लिखकर चले गए थे। मुझे भी दस्तक देकर बुला लिया गया था।

बड़े कमरे में ग्रीक गायक थियोडोराकिस और मेक्सिकन गायिका जॉन बायेज़ के बड़े-बड़े चित्र लगे हुए थे। वही अमेरिकन और मेक्सिकन गायिका जॉन बायेज़, जो नीग्रो लोगों की आज़ादी के लिए गाती रही है! थियोडोराकिस को तो ग्रीस से देश निकाला मिला हुआ था····

—हाँ! क्योंकि यह ग्रीस के फौजी शासन से आज़ादी माँगता था! गाता था और आज़ादी माँगता था! यह आवाज़ पियरे की थी। पता नहीं उसने मेरे मन का सवाल कैसे जान लिया था? उसने जैसे छाया को पकड़ लिया था····यही तो रीथ की भी खूबी है! वह भी मन की छायाओं को पकड़ लेती है।····

बाहर कोहरा घना होता जा रहा था। पहाड़ियाँ कालिख और कोहरे में छिपती जा रही थीं····कमरा जैसे सिकुड़ता जा रहा था····अँधेरा बड़ी चीजों को भी छोटा कर देता है।

मेज़ पर बड़ी काही रंग की बोतलों में अल्जीरिया की तबूरका वाइन रखी थी। रीथ ने मिट्टी के प्यालों में थोड़ी-थोड़ी वाइन हमें दी। हम चार ही थे। मैं, रीथ, पियरे और माइकेल। किसी और का इंतज़ार शायद नहीं था। रीथ ने ही बताया था कि मारियाने जिनीवा चली गई थी, अपनी किताब के प्रूफ देखने, नहीं तो वह होती। डेनिश जार्ज पॉप म्यूज़िक कन्सर्ट के लिए यूथ-सेंटर चला गया था। मैं इधर-उधर देख ही रहा था कि तब तक रीथ ने मिट्टी के बड़े प्याले में उबले आड़ुओं के कतरों पर सफेद रम डाल कर मोमबत्ती से उसे जला दिया था। आड़ुओं से निकलती लौ से कमरे में हल्का-हल्का नीला उजाला-सा भर गया था। उसी उजाले में मैंने वह पोस्टर देखा—एक बच्चा मुँह चिढ़ाता और बड़ी शान से जिप खोले सूसू कर रहा था!

—यह ठीक कर रहा है न! फिर पियरे ने मेरे मन की छाया को पकड़ लिया था।

तभी एकाएक सन्नाटे को चीरता शोर हुआ। साइरन की तेज़ चीखती आवाज़ों ने कोहराम मचा दिया। मैं कुछ समझ नहीं पाया। रीथ ने मोमबत्तियाँ बुझा दीं, फिर रीथ, पियरे और माइकेल काँच की खिड़कियों के पार देखने की कोशिश करने लगे····

—तुम्हें कब जाना था? माइकेल ने कुछ घबराए स्वर में पियरे से पूछा था—कहीं वे····

—नहीं! मुझे कल सुबह-सुबह रिपोर्ट करना है। पियरे ने उसे उत्तर दिया था।

—ओह, क्राइस्ट! तब ठीक है। माइकेल ने राहत की साँस ली। साइरन की

कोहराम मचाती आवाज़ें अब दूर चली गई थीं।

रीथ ने तीनों मोमबत्तियाँ फिर जला दी थीं। आड़ू के प्याले की लपटें शांत हो चुकी थीं।

—किसी को रिपोर्ट करना होगा! वे उसे पकड़ने निकले हैं····बड़ी गहरी साँस लेकर पियरे बोला था और मेरे मन की छाया के सवाल को फौरन समझकर उसने मुझे बताया था—

—कल मुझे कंपलसरी मिलिटरी ट्रेंनिग के लिए रिपोर्ट करना है····नहीं करूँगा तो ये साइरन यहाँ भी आएँगे!····आत्मा की बात करूँगा तो पहले मेरा ट्राइल होगा····फिर सज़ा!····देखता हूँ····कल सुबह तक पता चलेगा कि मेरे पास कोई आत्मा है या नहीं····

रीथ अब बहुत उदास थी। वह पियरे के पास आकर बैठ गई थी। माइकेल ने थियोडोराकिस का गीत लगा दिया था—मैं अकेला कहा हूँ····मेरे साथ हमेशा मेरा अकेलापन रहता है····सोता हूँ तो साथ सोता है, जागता हूँ तो साथ जागता है····मैं अकेला कहाँ हूँ····

रीथ ने चम्मच से आड़ू काटा और जली हुई रम भरकर पियरे के मुँह से लगा दी। पियरे ने बड़े प्यार से उसे देखा और आड़ू खाते हुए उसके सुनहरे बाल सहलाता रहा। रीथ ने कई चम्मच उसे खिलाए····वह उसके गालों, गर्दन और उलझे बालों में हाथ फेरती रही।

मोमबत्तियाँ करीब-करीब जल चुकी थीं। सारडीन मछलियों वाला पिज्जा, सिरके में भीगे खीरे और उबले हुए आड़ू खाकर पेट भर गया था। मैं मिट्टी का प्याला उठाकर देखने लगा तो पियरे ही बोला था—ये तेज़े कम्युनिटी के बने हैं····अब कुछ लोग मिट्टी को पहचानने लगे हैं! पर ज़्यादातर लोग आदमी और उसकी आत्मा को नहीं पहचानते!

—मैं तो तुम्हें पहचानती हूँ! रीथ ने बड़ी कोमलता से कहा तो पियरे की आँखों में जैसे धुआँ-सा उमड़ आया। उसने रीथ के सुनहरे बाल सहलाए और उसके ओंठों के बिलकुल पास अपने ओंठ रख दिए····

तभी एक मोमबत्ती तेज़ लौ देकर बुझ गई।

—मोमबत्तियाँ बुझने लगीं····अब उठें! पियरे ने कहा और वह बिना कुछ कहे अपने कमरे में चला गया। हम भी उठकर अपने-अपने कमरों में चले आए।

कमरे में काँच की दीवार पर तेज़ सर्दीली हवा टकरा रही थी। और पियरे के कमरे से थियोडोराकिस की ग्रीक आवाज़ में फ्रेंच के वही शब्द फिर तैरते हुए आ रहे थे—मैं अकेला कहाँ हूँ····मेरे साथ हमेशा मेरा अकेलापन रहता है····

कई बार मेरी नींद टूटी। काँच की दीवार पर पड़ते सर्द हवा के थपेड़े और उनकी चक्रवात जैसी आवाज़ ने कई बार मुझे जगा दिया था। जब भी जागा तो पियरे के कमरे से आती उस गीत की आवाज़ भी कई बार सुनाई दी। सुबह के करीब जब आँख लगी,

तब पियरे का कमरा खामोश था।

मैं देर से उठा। माइकेल ने दस्तक देकर उठाया था। हवा अब नहीं थी पर बाहर घना कोहरा भरा हुआ था। रीथ ने प्यालों में चाय डाली। हम तीन ही थे। मैंने सोचा पियरे का इंतज़ार कर लूँ—पियरे कहाँ है? इंतज़ार कर लें····

रीथ ने चाय का घूँट लेते हुए—तुम चाय पिओ····वह वहाँ है!

—कहाँ? मैंने पूछा।

तो माइकेल ने सूचना वाले बोर्ड की ओर इशारा कर दिया—वहाँ!

बोर्ड पर बड़ा-बड़ा लिखा था—गुडबाई!!

राजा निरबंसिया

"एक राजा निरबंसिया थे,"—माँ कहानी सुनाया करती थीं। उनके आसपास ही चार-पाँच बच्चे अपनी मुट्ठियों में फूल दबाए कहानी समाप्त होने पर गौरों पर चढ़ाने के लिए उत्सुक-से बैठ जाते थे। आटे का सुंदर-सा चौक पुरा होता, उसी चौक पर मिट्टी की छः गौरें रखी जातीं, जिनमें से ऊपर वाली के बिंदिया और सिंदूर लगता, बाकी पाँचों नीचे दबी पूजा ग्रहण करती रहतीं। एक ओर दीपक की बाती स्थिर-सी जलती रहती और मंगल-घट रखा रहता, जिस पर रोली से सथिया बनाया जाता। सभी बैठे बच्चों के मुख पर फूल चढ़ाने की उतावली की जगह कहानी सुनने की सहज स्थिरता उभर आती।

"एक राजा निरबंसिया थे," माँ सुनाया करती थीं, "उनके राज में बड़ी खुशहाली थी। सब वरण के लोग अपना-अपना काम-काज देखते थे। कोई दुःखी नहीं दिखाई पड़ता था। राजा के एक लक्ष्मी-सी रानी थी, चंद्रमा-सी सुंदर और···और राजा को बहुत प्यारी। राजा राज-काज देखते और सुख से रानी के साथ महल में रहते···"

मेरे सामने मेरे खयालों का राजा था, राजा जगपती! तब जगपती से मेरी दाँतकाटी दोस्ती थी, दोनों मिडिल स्कूल में पढ़ने जाते। दोनों एक-से घर के थे, इसलिए बराबरी की निभती थी। मैं मैट्रिक पास करके एक स्कूल में नौकर हो गया और जगपती कस्बे के ही वकील के यहाँ मुहर्रिर। जिस साल जगपती मुहर्रिर हुआ, उसी वर्ष पास के गाँव में उसकी शादी हुई, पर ऐसी हुई कि लोगों ने तमाशा बना देना चाहा। लड़की वालों का कुछ विश्वास था कि शादी के बाद लड़की की बिदा नहीं होगी। ब्याह हो जाएगा और सातवीं भाँवर तब पड़ेगी, जब पहली बिदा की सायत होगी और तभी लड़की अपनी ससुराल जाएगी। जगपती की पत्नी थोड़ी-बहुत पढ़ी-लिखी थी, पर घर की लीक को कौन मेटे! बारात बिना बहू के वापस आ गई और लड़के वालों ने तै कर लिया कि अब जगपती की शादी कहीं और कर दी जाएगी, चाहे कानी-लूली से हो, पर वह लड़की अब घर में नहीं आएगी। लेकिन साल खतम होते-होते सब ठीक-ठाक हो गया। लड़की वालों ने माफी माँग ली और जगपती की पत्नी अपनी ससुराल आ ही गई।

जगपती को जैसे सब-कुछ मिल गया और सास ने बहू की बलइयाँ लेकर घर की चाभियाँ सौंप दीं, गृहस्थी का ढंग-चार समझा दिया। जगपती की माँ न जाने कब से आस लगाए बैठी थीं। उन्होंने आराम की साँस ली। पूजा-पाठ में समय कटने लगा, दोपहरियाँ दूसरे घरों के आँगन में बीतने लगीं। पर साँस का रोग था उन्हें, सो एक दिन

उन्होंने अपनी अंतिम घड़ियाँ गिनते हुए चंदा को पास बुलाकर समझाया था—'बेटा, जगपती बड़े लाड़-प्यार का पाला है। जब से तुम्हारे ससुर नहीं रहे, तब से इसके छोटे-छोटे हठ को पूरा करती रही हूँ....अब तुम ध्यान रखना।' फिर रुककर उन्होंने कहा था, 'जगपती किसी लायक हुआ है, तो रिश्तेदारों की आँखों में करकने लगा है। तुम्हारे बाप ने ब्याह के वक्त नादानी की, जो तुम्हें विदा नहीं किया। मेरे दुश्मन देवर-जेठों को मौका मिल गया। तूमार खड़ा कर दिया कि अब विदा करवाना नाक कटवाना है।....जगपती का ब्याह क्या हुआ, उन लोगों की छाती पर साँप लोट गया। सोचा, घर की इज़्ज़त रखने की आड़ लेकर रंग में भंग कर दें।....अब, बेटा, इस घर की लाज तुम्हारी लाज है। आज को तुम्हारे ससुर होते, तो भला....' कहते-कहते माँ की आँखों में आँसू आ गए, और वह जगपती की देखभाल उसे सौंपकर सदा के लिए मौन हो गई थीं।

एक अरमान उनके साथ ही चला गया कि जगपती की संतान को, चार बरस इंतज़ार करने के बाद भी वह गोद में न खिला पाईं। और चंदा ने मन में सब्र कर लिया था, यही सोचकर कि कुल-देवता का अंश तो उसे जीवन-भर पूजने को मिल गया था। घर में चारों तरफ जैसे उदारता बिखरी रहती, अपनापा बरसता रहता। उसे लगता, जैसे घर की अँधेरी, एकांत कोठरियों में वह शांत शीतलता है जो उसे भरमा लेती है। घर की सब कुंडियों की खनक उनके कानों में बस गई थी, हर दरवाज़े की चरमराहट पहचान बन गई थी।....

"एक रोज़ राजा आखेट को गए," माँ सुनाती थी, "राजा आखेट को जाते थे, तो सातवें रोज़ ज़रूर महल में लौट आते थे। पर उस दफा जब गए, तो सातवाँ दिन निकल गया। पर राजा नहीं लौटे। रानी को बड़ी चिंता हुई। रानी एक मंत्री को साथ लेकर खोज में निकलीं...."

और इसी बीच जगपती को रिश्तेदारों की एक शादी में जाना पड़ा। उसके दूर के रिश्ते के भाई दयाराम की शादी थी। कह गया था कि दसवें दिन ज़रूर वापस आ जाएगा। पर छठे दिन ही खबर मिली कि बारात घर लौटने पर दयाराम के घर डाका पड़ गया। किसी मुखबिर ने सारी खबरें पहुँचा दी थीं कि लड़की वालों ने दयाराम का घर सोने-चाँदी से पाट दिया है....आखिर पुश्तैनी ज़मींदार की इकलौती लड़की थी। घर आए मेहमान लगभग बिदा हो चुके थे। दूसरे रोज़ जगपती भी चलने वाला था। पर उसी रात डाका पड़ा। जवान आदमी, भला खून मानता है। डाके वालों ने जब बंदूकें चलाईं, तो सबकी घिग्घी बँध गई। पर जगपती और दयाराम ने छाती ठोंक कर लाठियाँ उठा लीं। घर में कुहराम मच गया।....फिर सन्नाटा छा गया। डाके वाले बराबर गोलियाँ दाग रहे थे। बाहर का दरवाज़ा टूट चुका था। पर जगपती ने हिम्मत बढ़ाते हुए हाँक लगाई, "ये हवाई बंदूकें इन तेल-पिलाई लाठियों का मुकाबला नहीं कर पाएँगी,

जवानो !"

पर दरवाज़े तड़-तड़ टूटते रहे और अंत में एक गोली जगपती की जाँघ को पार करती निकल गई और दूसरी उसकी जाँघ के ऊपर कूल्हे में समाकर रह गई।

चंदा रोती-कलपती और मनौतियाँ मानती जब वहाँ पहुँची, तो जगपती अस्पताल में था। दयाराम के थोड़ी चोट आई थी। उसे अस्पताल से छुट्टी मिल गई थी। जगपती की देखभाल के लिए वहीं अस्पताल में मरीज़ों के रिश्तेदारों के लिए जो कोठरियाँ बनी थीं, उन्हीं में चंदा को रुकना पड़ा। कस्बे के अस्पताल से दयाराम का गाँव चोर कोस पड़ता था। दूसरे-तीसरे वहीं से आदमी आते-जाते रहते, जिस सामान की ज़रूरत होती, पहुँचा जाते।

पर धीरे-धीरे उन लोगों ने भी खबर लेना छोड़ दिया। एक दिन में ठीक होने वाला घाव तो था नहीं। जाँघ की हड्डी चटख गई थी और कूल्हे में ऑपरेशन से छह इंच गहरा घाव हो गया था।

कस्बे का अस्पताल था। कंपाउंडर ही मरीज़ों की देखभाल रखते। बड़ा डॉक्टर तो नाम के लिए था या कस्बे के बड़े आदमियों के लिए। छोटे लोगों के लिए तो कंपोटर साहब ही ईश्वर के अवतार थे। मरीज़ों की देखभाल करने वाले रिश्तेदारों की खाने-पीने की मुश्किलों से लेकर मरीज़ की नब्ज़ तक सँभालते थे। छोटी-सी इमारत में अस्पताल आबाद था। रोगियों के लिए सिर्फ छह-सात खाटें थीं। मरीज़ों के कमरे से लगा दवा बनाने का कमरा था, उसी में एक ओर एक आराम-कुरसी थी और एक नीची-सी मेज़। उसी कुरसी पर बड़ा डॉक्टर आकर कभी-कभार बैठता, नहीं तो बचनसिंह कंपाउंडर ही जमे रहते। अस्पताल में या तो फौजदारी के शहीद आते या गिर-गिरा के हाथ-पैर तोड़ लेने वाले एकआध लोग। छठे-छमासे कोई औरत दिख गई तो दिख गई, जैसे उन्हें कभी रोग घेरता ही नहीं था। कभी कोई बीमार पड़ती, तो घर वाले हाल बता के आठ-दस रोज़ की दवा एक साथ ले जाते और फिर उसके जीने-मरने की खबर तक न मिलती।

उस दिन बचनसिंह जगपती के घाव की पट्टी बदलने आया। उसके आने में और पट्टी खोलने में कुछ ऐसी लापरवाही थी, जैसे गलत बँधी पगड़ी को ठीक से बाँधने के लिए खोल रहा हो। चंदा उसकी कुरसी के पास ही साँस रोके खड़ी थी। वह और रोगियों से बातें भी करता जा रहा था। इधर मिनिट-भर को देखता, फिर जैसे अभ्यस्त-से उसके हाथ अपना काम करने लगते। पट्टी एक जगह खून से चिपक गई थी, जगपती बुरी तरह कराह उठा। चंदा के मुँह से चीख निकल गई। बचनसिंह ने सतर्क होकर देखा तो चंदा मुख में धोती का पल्ला खोंसे अपनी भयातुर आवाज़ दबाने की चेष्टा कर रही थी, जगपती एकबारगी मछली-सा तड़पकर रह गया। बचनसिंह की उँगलियाँ थोड़ी-सी

थरथराईं कि उसकी बाँह पर टप से चंदा का आँसू चू पड़ा।

बचनसिंह सिहर-सा गया और उसके हाथों की अभ्यस्त निठुराई को जैसे किसी मानवीय कोमलता ने धीरे से छू दिया। आहों, कराहों, दर्दभरी चीखों और चटखते शरीर के जिस वातावरण में रहते हुए भी वह बिलकुल अलग रहता था, फोड़ों को पके आम-सा दाब देता था, खाल को आलू-सा छील देता था....उसके मन से जिस दर्द का एहसास उठ गया था, वह उसे आज फिर हुआ और वह बच्चे की तरह फूँक-फूँककर पट्टी को नम करके खोलने लगा। चंदा की ओर धीरे से निगाह उठाकर देखते हुए फुसफुसाया, "च्....च् ....रोगी की हिम्मत टूट जाती है ऐसे।"

पर जैसे यह कहते-कहते उसका मन ख़ुद अपनी बात से उचट गया। यह बेपरवाही तो चीख और कराहों की एकरसता से उसे मिली थी, रोगी की हिम्मत बढ़ाने की कर्तव्य-निष्ठा से नहीं। जब तक वह घाव की मरहम-पट्टी करता रहा, तब तक किन्हीं दो आँखों की करुणा उसे घेरे रही।

और हाथ धोते समय वह चंदा की उन चूड़ियों से भरी कलाइयों को बेझिझक देखता रहा, जो अपनी ख़ुशी उससे माँग रही थीं। चंदा पानी डालती जा रही थी और बचनसिंह हाथ धोते-धोते उसकी कलाइयों, हथेलियों और पैरों को देखता जा रहा था। दवाखाने की ओर जाते हुए उसने चंदा को हाथ के इशारे से बुलाकर कहा, "दिल छोटा मत करना....जाँघ का घाव तो दस रोज़ में भर जाएगा। कूल्हे का घाव कुछ दिन ज़रूर लेगा। अच्छी से अच्छी दवाई दूँगा। दवाइयाँ तो ऐसी हैं कि मुरदे को चंगा कर दें, पर हमारे अस्पताल में नहीं आतीं, फिर भी...."

"तो किसी दूसरे अस्पताल से नहीं आ सकतीं वो दवाइयाँ?" चंदा ने पूछा।

"आ तो सकती हैं पर मरीज़ को अपना पैसा खरचना पड़ता है, उनमें...." बचनसिंह ने कहा।

चंदा चुप रह गई तो बचनसिंह के मुँह से अनायास ही निकल पड़ा, "किसी चीज़ की ज़रूरत हो तुम मुझसे बताना। ....रही दवाइयाँ, सो कहीं-न-कहीं से इंतज़ाम करके ला दूँगा। महकमे से मगाएँगे, तो आते-अवाते महीनों लग जाएँगे। शहर के डॉक्टर से मँगवा दूँगा। ताकत की दवाइयों की बड़ी ज़रूरत है उन्हें। अच्छा, देखा जाएगा...." कहते-कहते वह रुक गया।

चंदा ने कृतज्ञता-भरी नज़रों से उसे देखा और उसे लगा जैसे आँधी में उड़ते पत्ते को कोई अटकाव मिल गया हो। आकर वह जगपती की खाट से लगकर बैठ गई। उसकी हथेली लेकर वह सहलाती रही। नाखूनों को अपने पोरों से दबाती रही।

धीरे-धीरे बाहर अँधेरा बढ़ चला। बचनसिंह तेल की एक लालटेन लाकर मरीज़ों के कमरे के एक कोने में रख गया। चंदा ने जगपती की कलाई दबाते-दबातेधीरे से कहा, "कंपाउंडर साहब कह रहे थे...." और इतना कहकर वह जगपती का ध्यान आकृष्ट करने के लिए चुप हो गई।

"क्या कह रहे थे ?"—जगपती अनमने स्वर में बोला।

"कुछ ताकत की दवाइयाँ तुम्हारे लिए ज़रूरी हैं !"

"मैं जानता हूँ।"

"पर···"

"देखो चंदा, चादर के बराबर ही पैर फैलाए जा सकते हैं। हमारी औकात इन दवाइयों की नहीं है।"

"औकात आदमी की देखी जाती है कि पैसे की, तुम तो···"

"देखा जाएगा।"

"कंपाउंडर साहब इंतज़ाम कर देंगे, उनसे कहूँगी मैं।"

"नहीं चंदा, उधारखाते से मेरा इलाज नहीं होगा···चाहे एक के चार दिन लग जाएँ।"

"इसमें तो···"

"तुम नहीं जानती, कर्ज़ कोढ़ का रोग होता है, एक बार लगने से तन तो गलता ही है, मन भी रोगी हो जाता है।"

"लेकिन···" कहते-कहते वह रुक गई।

जगपती अपनी बात की टेक रखने के लिए दूसरी ओर मुँह घुमाकर लेट रहा।

और तीसरे रोज़ जगपती के सिरहाने कई ताकत की दवाइयाँ रखी थीं, और चंदा की ठहरने वाली कोठरी में उसके लेटने के लिए एक खाट भी पहुँच गई थी। चंदा जब आई, तो जगपती के चेहरे पर मानसिक पीड़ा की असंख्य रेखाएँ उभरी थीं, जैसे वह अपनी बीमारी से लड़ने के अलावा स्वयं अपनी आत्मा से भी लड़ रहा हो···चंदा की नादानी और स्नेह से भी उलझ रहा हो और सबसे ऊपर सहायता करने वाले की दया से जूझ रहा हो।

चंदा ने देखा तो जैसे यह सब सह न पाई। उसके जी में आया कि कह दे, क्या आज तक तुमने कभी किसी से उधार पैसे नहीं लिए? पर वह तो खुद तुमने लिए थे और तुम्हें मेरे सामने स्वीकार नहीं करना पड़ा था। इसीलिए लेते झिझक नहीं लगी, पर आज मेरे सामने उसे स्वीकार करते तुम्हारा झूठा पौरुष तिलमिलाकर जाग पड़ा है। पर जगपती के मुख पर बिखरी हुई पीड़ा में जिस आदर्श की गहराई थी, वह चंदा के मन में चोर की तरह घुस गई, और बड़ी स्वाभाविकता से उसने उसके माथे पर हाथ फेरते हुए कहा, "ये दवाइयाँ किसी की मेहरबानी नहीं हैं, मैंने हाथ का कड़ा बेचने को दे दिया था। उसी से आई हैं।"

"मुझसे पूछा तक नहीं और···" जगपती ने कहा और जैसे खुद मन की कमज़ोरी को दाब गया—कड़ा बेचने से तो अच्छा था कि बचनसिंह की दया ही ओढ़ ली जाती। और उसे हलका-सा पछतावा भी था कि नाहक वह रौ में बड़ी-बड़ी बातें कह जाता है,

ज्ञानियों की तरह सीख दे देता है।

और जब चंदा अँधेरा होते उठकर अपनी कोठरी में सोने के लिए जाने को हुई, तो कहते-कहते यह बात दबा गई कि बचनसिंह ने उसके लिए एक खाट का इंतज़ाम भी करा दिया है। कमरे से निकली, तो सीधी कोठरी में गई और हाथ का कड़ा लेकर सीधे दवाखाने की ओर चली गई, जहाँ बचनसिंह अकेला डॉक्टर की कुरसी पर आराम से टाँगें फैलाए लैंप की पीली रोशनी में लेटा था। जगपती का व्यवहार चंदा को लग गया था, और यह भी कि वह क्यों बचनसिंह का एहसान अभी से लाद ले, पति के लिए ज़ेबर की कितनी औकात है। वह बेधड़क-सी दवाखाने में घुस गई। दिन की पहचान के कारण उसे कमरे की मेज़-कुरसी और दवाओं की अलमारी की स्थिति का अनुमान था, वैसे कमरा अँधेरा ही पड़ा था, क्योंकि लैंप की रोशनी केवल अपने वृत्त में अधिक प्रकाशवान् होकर कोनों के अँधेरे को और घनीभूत कर रही थी। बचनसिंह ने चंदा को घुसते ही पहचान लिया। वर उठकर खड़ा हो गया। चंदा ने भीतर कदम तो रख दिया, पर सहसा सहम गई, जैसे वह किसी अँधेरे कुएँ में अपने आप कूद पड़ी हो, ऐसा कुआँ, जो निरंतर पतला होता गया है····और जिसमें पानी की गहराई पाताल की परतों तक चली गई हो, जिसमें पड़कर वह नीचे धँसती चली जा रही हो, नीचे····अँधेरा····एकांत घुटन····पाप !

बचनसिंह अवाक् ताकता रह गया और चंदा ऐसे वापस लौट पड़ी, जैसे किसी काले पिशाच के पंजों से मुक्ति मिली हो। बचनसिंह के सामने क्षण-भर में सारी परिस्थिति कौंध गई और उसने वहीं से बहुत संयत आवाज़ में ज़बान को दाबते हुए जैसे वायु में स्पष्ट ध्वनित करा दिया—'चंदा !' वह आवाज़ इतनी बेआवाज़ थी और निरर्थक होते हुए भी इतनी सार्थक थी कि उस खामोशी में अर्थ भर गया।

चंदा रुक गई।

बचनसिंह उसके पास जाकर रुक गया।

सामने का घना पेड़ स्तब्ध खड़ा था, उसकी काली परछाईं की परिधि जैसे एक बार फैलकर उन्हें अपने वृत्त में समेट लेती और दूसरे ही क्षण मुक्त कर देती। दवाखाने का लैंप सहसा भभककर रुक गया और मरीज़ों के कमरे से एक कराह की आवाज़ दूर मैदान के छोर तक जाकर डूब गई।

चंदा ने वैसे ही नीचे ताकते हुए अपने को संयत करते हुए कहा, "ये कड़ा तुम्हें देने आई थी।"

"तो वापस क्यों चली जा रही थीं ?"

चंदा चुप। और दो क्षण रुककर उसने अपने हाथ का सोने का कड़ा धीरे से उसकी ओर बढ़ा दिया, जैसे देने का साहस न होते हुए भी यह काम आवश्यक था।

बचनसिंह ने उसकी सारी काया को एक बार देखते हुए अपनी आँखें उसके सिर

पर जमा दीं, जिसके ऊपर पड़े कपड़े के पार नरम चिकनाई से भरे लंबे-लंबे बाल थे, जिनकी भाप-सी महक फैलती जा रही थी। वह धीरे से बोला, "लाओ।"

चंदा ने कड़ा उसकी ओर बढ़ा दिया। कड़ा हाथ में लेकर वह बोला, "सुनो।"

चंदा ने प्रश्न-भरी नज़रें उसकी ओर उठा दीं।

उनमें झाँकते हुए, पर अपने हाथ से उसकी कलाई पकड़ते हुए उसने वह कड़ा उसकी कलाई में पहना दिया।

चंदा चुपचाप कोठरी की ओर चल दी और बचनसिंह दवाखाने की ओर। कालिख बुरी तरह बढ़ गई थी और सामने खड़े पेड़ की काली परछाईं गहरी पड़ गई थी। दोनों लौट गए थे। पर जैसे उस कालिख में कुछ रह गया था, छूट गया था। दवाखाने का लैंप जो जलते-जलते एक बार भभका था, उसमें तेल न रह जाने के कारण बत्ती की लौ बीच से फट गई थी, उसके ऊपर धुएँ की लकीरें बल खातीं, साँप की तरह अँधेरे में विलीन हो जाती थीं।

सुबह जब चंदा जगपती के पास पहुँची और बिस्तर ठीक करने लगी, तो जगपती को लगा कि चंदा बहुत उदास थी। क्षण-क्षण में चंदा के मुख पर अनगिनत भाव आ-जा रहे थे, जिनमें असमंजस था, पीड़ा थी और निरीहता। कोई अदृश्य पाप कर चुकने के बाद हृदय की गहराई से किए गए पश्चात्ताप-जैसी धूमिल चमक !····

"रानी मंत्री के साथ जब निराश होकर लौटी, तो देखा, राजा महल में उपस्थित थे। उनकी खुशी का ठिकाना न रहा।" माँ सुनाया करती थीं, पर राजा को रानी का इस तरह मंत्री के साथ जाना अच्छा नहीं लगा। रानी ने राजा को समझाया कि वह तो केवल राजा के प्रति अटूट प्रेम के कारण अपने को न रोक सकी। राजा-रानी एक-दूसरे को बहुत चाहते थे। पर दोनों के दिलों में एक बात शूल-सी गड़ती रहती कि उनके कोई संतान न थी····राजवंश का दीपक बुझने जा रहा था। संतान के अभाव में उनका लोक-परलोक बिगड़ा जा रहा था और कुल की मर्यादा नष्ट होने की शंका बढ़ती जा रही थी।····"

दूसरे दिन बचनसिंह ने मरीज़ों की मरहम-पट्टी करते वक्त बताया था कि उसका तबादला मैनपुरी के सदर अस्पताल में हो गया है और वह परसों यहाँ से चला जाएगा। जगपती ने सुना, तो उसे भला ही लगा।····आए दिन रोग घेरे रहते हैं, बचनसिंह उसके शहर के अस्पताल में पहुँचा जा रहा है, तो कुछ मदद मिलती ही रहेगी। आखिर वह ठीक तो होगा ही और फिर मैनपुरी के सिवा कहाँ जाएगा? पर दूसरे ही क्षण उसका दिल अथक भारीपन से भर गया। पता नहीं, क्यों चंदा के अस्तित्व का ध्यान आते ही उसे इस सूचना में कुछ ऐसे नुकीले काँटे दिखाई देने लगे, जो उसके शरीर में किसी भी समय चुभ सकते थे, ज़रा-सा बेखबर होने पर बींध सकते थे। और तब उसके सामने

आदमी के अधिकार की लक्ष्मण-रेखाएँ धुएँ की लकीर की तरह काँपकर मिटने लगीं और मन में छिपे संदेह के राक्षस बाना बदल योगी के रूप में घूमने लगे।

और पंद्रह-बीस रोज़ बाद जब जगपती की हालत सुधर गई, तो चंदा उसे लेकर घर लौट आई। जगपती चलने-फिरने लायक हो गया था। घर का ताला जब खोला, तब रात झुक आई थी। और फिर उनकी गली में तो शाम से ही अँधेरा भरना शुरू हो जाता था। पर गली में आते ही उन्हें लगा, जैसे कि वनवास काटकर राजधानी लौटे हों। नुक्कड़ पर ही जमना सुनार की कोठरी में सुरही फिंक रही थी, जिसके दराज़दार दरवाज़ों कैसे लालटेन की रोशनी की लकीर झाँक रही थी और कच्ची तंबाकू का धुआँ रुँधी गली के मुहाने पर बुरी तरह भर गया था। सामने ही मुंशीजी अपनी जिंगला खटिया के गड्ढे में, कुप्पी के मद्धिम प्रकाश में खसरा-खतौनी बिछाए मीज़ान लगाने में मशगूल थे। जब जगपती के घर का दरवाज़ा खड़का, तो अँधेरे में उसकी चाची ने अपने जंगले से देखा और वहीं से बैठे-बैठे अपने घर के भीतर एलान कर दिया—"राजा निरबंसिया अस्पताल से लौट आए···कुलमा भी आई हैं।"

ये शब्द सुनकर घर के अँधेरे बरोठे में घुसते ही जगपती हाँफकर बैठ गया, झुँझलाकर चंदा से बोला, "अँधेरे में क्या मेरे हाथ-पैर तुड़वाओगी, भीतर जाकर लालटेन जला लाओ न।"

"तेल नहीं होगा, इस वक्त ज़रा ऐसे ही काम····"

"तुम्हारे कभी कुछ नहीं होगा···न तेल न····" कहते-कहते जगपती एकदम चुप रह गया। और चंदा को लगा कि आज पहली बार जगपती ने उसके व्यर्थ मातृत्व पर इतनी गहरी चोट कर दी, जिसकी गहराई की उसने कभी कल्पना भी नहीं की थी। दोनों खामोश, बिना एक बात किए अंदर चले गए।

रात के बढ़ते सन्नाटे में दोनों के सामने दो बातें थीं····

जगपती के कान में जैसे कोई व्यंग्य से कह रहा था—राजा निरबंसिया अस्पताल से आ गए!

और चंदा के दिल में वह बात चुभ रही थी—तुम्हारे कभी कुछ नहीं होगा···

और सिसकती-सिसकती चंदा न जाने कब सो गई। पर जगपती की आँखों में नींद न आई। खाट पर पड़े-पड़े उसके चारों ओर एक मोहक, भयावना-सा जाल फैल गया। लेटे-लेटे उसे लगा जैसे उसका स्वयं का आकार बहुत क्षीण होता-होता बिंदु-सा रह गया, पर बिंदु के हाथ थे, पैर थे और दिल की धड़कन भी। कोठरी का घुटा-घुटा-सा अँधियारा, मटमैली दीवारें और गहन गुफाओं-सी अलमारियाँ, जिनमें से बार-बार कोई झाँककर देखता था····और वह सिहर उठता था···फिर जैसे सब-कुछ तबदील हो गया हो।····उसे लगा कि उसका आकार बढ़ता जा रहा है, बढ़ता जा रहा है। वह मनुष्य हुआ, लंबा-तगड़ा तंदुरुस्त पुरुष हुआ, उसकी शिराओं में कुछ फूट पड़ने के लिए व्याकुलता से

खौल उठा। उसके हाथ शरीर के अनुपात से बहुत बड़े, डरावने और भयानक हो गए, उनमें लंबे-लंबे नाखून निकल आए···वह राक्षस हुआ, दैत्य हुआ···आदिम बर्बर !

और बड़ी तेज़ी से सारा कमरा एकबारगी चक्कर काट गया···। फिर सब धीरे-धीरे स्थिर होने लगा और उसकी साँसें ठीक होती जान पड़ीं। फिर जैसे बहुत कोशिश करने पर घिग्घी बँध जाने के बाद उसकी आवाज़ फूटी, "चंदा !"

चंदा की नरम साँसों की हलकी सरसराहट कमरे में जान डालने लगी। जगपती अपनी पाटी का सहारा लेकर झुका। काँपते पैर उसने ज़मीन पर रखे और चंदा की खाट के पाए से सिर टिकाकर बैठ गया। उसे लगा, जैसे चंदा की इन साँसों की आवाज़ में जीवन का संगीत गूँज रहा है। वह उठा और चंदा के मुख पर झुक गया।···उस अँधेरे में आँखें गड़ाए-गड़ाए जैसे बहुत देर बाद स्वयं चंदा के मुख पर आभा फूटकर अपने-आप बिखरने लगी···उसके नक्श उज्ज्वल हो उठे और जगपती की आँखों को ज्योति मिल गई। वह मुग्ध-सा ताकता रहा।

चंदा के बिखरे बाल, जिनमें हाल के जनमे बच्चे के गबुआरे बालों की-सी महक···दूध की कचआइंध···शरीर के रस की-सी मिठास और स्नेह-सी चिकनाहट और वह माथा जिस पर बालों के पास तमाम छोटे-छोटे, नरम-नरम से रोएँ···रेशम-से···और उस पर कभी लगाई गई सेंदुर की बिंदी का हलका मिटा हुआ-सा आभास···नन्हे-नन्हे निर्द्वंद्व सोए पलक ! और उनकी मासूम-सी काँटों की तरह बरौनियाँ और साँस में घुलकर आती हुई वह आत्मा की निष्कपट आवाज़ की लय···फूल की पंखुरी-से पतले-पतले होंठ, उन पर पड़ी अछूती रेखाएँ, जिनमें सिर्फ दूध-सी महक !

उसकी आँखों के सामने ममता-सी छा गई, केवल ममता और उसके मुख से अस्फुट शब्द निकल गया, 'बच्ची !'

डरते-डरते उसके बालों की एक लट को बड़े जतन से उसने हथेली पर रखा और उँगली से उस पर लकीरें खींचने लगा। उसे लगा, जैसे कोई शिशु उसके अंक में आने के लिए छटपटाकर निराश होकर सो गया हो। उसने दोनों हथेलियों को पसारकर उसके सिर को अपनी सीमा में भर लेना चाहा कि कोई कठोर चीज़ उसकी उँगलियों से टकराई।

वह जैसे होश में आया हो।

बड़े धीरे से उसने चंदा के सिर के नीचे टटोला। एक रूमाल में बँधा कुछ उसके हाथ में आ गया। अपने को संयत करता वह वहीं ज़मीन पर बैठ गया, उसी अँधेरे में उस रूमाल को खोला, तो जैसे साँप सूँघ गया, चंदा के हाथ के दोनों सोने के कड़े उसमें लिपटे थे !

और तब उसके सामने सब सृष्टि धीरे-धीरे टुकड़े-टुकड़े होकर बिखरने लगी। 'ये कड़े तो चंदा बेचकर उसका इलाज कर रही थी। वे सब दवाइयाँ और ताकत के

टॉनिक····उसने तो कहा था, ये दवाइयाँ किसी की मेहरबानी नहीं हैं, मैंने हाथ के कड़े बेचने को दिए थे····पर ···· ! उसका गला बुरी तरह सूख गया। ज़बान जैसे तालू से चिपककर रह गई। उसने चाहा कि चंदा को झकझोर कर उठाए, पर शरीर की शक्ति बह-सी गई थी, रक्त पानी हो गया था।

थोड़ा संयत हुआ, उसने वह कड़े उसी रूमाल में लपेटकर उसकी खाट के कोने पर रख दिए और बड़ी मुश्किल से अपनी खाट की पाटी पकड़कर लुढ़क गया।

'चंदा झूठ बोली ! पर क्यों ? कड़े आज तक छिपाए रही। उसने इतना बड़ा दुराव क्यों किया ? आखिर क्यों ? किसलिए ?' और जगपती का दिल भारी हो आया। उसे फिर लगा कि उसका शरीर सिमटता जा रहा है और वह एक सींक का बना ढाँचा रह गया····नितांत हलका, तिनके-सा, हवा में उड़कर भटकने वाले तिनके-सा।

उस रात के बाद रोज़ जगपती सोचता रहा कि चंदा से कड़े माँगकर बेच ले और कोई छोटा-मोटा कारोबार ही शुरू कर दे, क्योंकि नौकरी छूट चुकी थी। इतने दिन की गैरहाज़िरी के बाद वकील साहब ने दूसरा मुहर्रिर रख लिया था। वह रोज़ यही सोचता। पर जब चंदा सामने आती, तो न जाने कैसे असहाय-सी उसकी अवस्था हो जाती। उसे लगता, जैसे कड़े माँगकर वह चंदा से पत्नीत्व का पद भी छीन लेगा। मातृत्व तो भगवान् ने छीन ही लिया····वह सोचता, आखिर चंदा क्या रह जाएगी ? एक स्त्री से यदि पत्नीत्व और मातृत्व छीन लिया गया, तो उसके जीवन की सार्थकता ही क्या ? चंदा के साथ वह यह अन्याय कैसे करे ? उससे दूसरी आँख की रोशनी कैसे माँग ले ? फिर तो वह नितांत अंधी हो जाएगी। और उन कड़ों को माँगने के पीछे जिस इतिहास की आत्मा नंगी हो जाएगी, कैसे वह उस लज्जा को स्वयं ही उघार कर ढाँपेगा ?

और वह इन्हीं खयालों में डूबा सुबह से शाम तक इधर-उधर काम की टोह में घूमता रहता। किसी से उधार ले ले ? पर किस संपत्ति पर ? क्या है उसके पास, जिसके आधार पर कोई उसे कुछ देगा ? और मुहल्ले के लोग····जो एक-एक पाई पर जान देते हैं, कोई चीज़ खरीदते वक्त भाव में एक पैसा कम मिलने पर मीलों पैदल जाकर एक पैसा बचाते हैं। एक-एक पैसे की मसाले की पुड़िया बँधवा कर ग्यारह बार पैसों का हिसाब जोड़कर एक-आध पैसा उधार कर, मिन्नतें करते सौदा घर लाते हैं। गली में कोई खोंचे वाला फँस गया, तो दो पैसे की चीज़ को लड़-झगड़कर—चार दाने ज्यादा पाने की नीयत से—दो जगह बँधवाते हैं। भाव के ज़रा से फर्क पर घंटों बहस करते हैं। शाम को सड़ी-गली तरकारियों को किफायत के कारण लाते हैं, ऐसे लोगों से किस मुँह से माँगकर वह उनकी गरीबी के अहसास पर ठोकर लगाए !

पर उस दिन शाम को जब वह घर पहुँचा, तो बरोठे में ही एक साइकिल रखी नज़र आई। दिमाग पर बहुत ज़ोर डालने के बाद भी वह आगंतुक की कल्पना न कर पाया। पर जब भीतर वाले दरवाज़े पर पहुँचा, तो सहसा हँसी की आवाज़ सुनकर ठिठक गया। उस हँसी में एक अजीब-सा उन्माद था। और उसके बाद चंदा का स्वर—

"अब आते ही होंगे, बैठिए न दो मिनिट और!····अपनी आँख से देख लीजिए और उन्हें समझाते जाइए कि अभी तंदुरुस्ती इस लायक नहीं, जो दिन-दिन-भर घूमना बरदाश्त कर सकें।"

"हाँ····भई, कमज़ोरी इतनी जल्दी नहीं मिट सकती, खयाल नहीं करेंगे, तो नुकसान उठाएँगे!" कोई पुरुष स्वर था यह।

जगपती असमंजस में पड़ गया। वह एकदम भीतर घुस जाए? इसमें क्या हर्ज है? पर जब उसने पैर उठाए, तो वे बाहर को जा रहे थे। बाहर बरोठे में साइकिल को पकड़ते ही उसे सूझ आई, वहीं से जैसे अनजान बनता बड़े प्रयत्न से आवाज़ को खोलता चिल्लाया, "अरे चंदा! यह साइकिल किसकी है? कौन मेहरबान···"

चंदा उसकी आवाज़ सुनकर कमरे से बाहर निकलकर जैसे खुशखबरी सुना रही थी, "अपने कंपाउंडर साहब आए हैं, खोजते-खोजते आज घर का पता पाए हैं, तुम्हारे इंतज़ार में बैठे हैं!"

"कौन, बचनसिंह? ····अच्छा ····अच्छा। वही तो मैं कहूँ, भला कौन···"कहता हुआ जगपती पास पहुँचा। और बातों में इस तरह उलझ गया जैसे सारी परिस्थिति उसने स्वीकार कर ली हो।

बचनसिंह जब फिर आने की बात कहकर चला गया, तो चंदा ने बहुत अपनेपन से जगपती के सामने बात शुरू की, "जाने कैसे-कैसे आदमी होते हैं···"

"क्यों, क्या हुआ? कैसे होते हैं आदमी?"—जगपती ने पूछा।

"इतनी छोटी जान-पहचान में तुम मरदों के घर में न रहते घुसकर बैठ सकते हो? तुम तो उलटे पैरों लौट आओगे।"—चंदा कहकर जगपती के मुख पर कुछ इच्छित प्रतिक्रिया देख सकने के लिए गहरी निगाहों से ताकने लगी।

जगपती ने चंदा की ओर ऐसे देखा, जैसे यह बात भी कहने या पूछने की है! फिर बोला, "बचनसिंह अपनी तरह का आदमी है, अपनी तरह का अकेला···"

"होगा···पर···" कहते-कहते चंदा रुक गई।

"आड़े वक्त काम आने वाला आदमी है, लेकिन उससे फायदा उठा सकना जितना आसान है····उतना ····मेरा मतलब है कि···जिससे कुछ लिया जाएगा, उसे दिया भी तो जाएगा।" जगपती ने आँखें दीवार पर गड़ाते हुए कहा।

और चंदा उठकर चली गई।

उस दिन के बाद बचनसिंह लगभग रोज़ ही आने-जाने लगा। जगपती उसके साथ इधर-उधर घूमता भी रहता। बचनसिंह के साथ वह जब तक रहता, अजीब-सी घुटन उसके दिल को बाँध लेती, और तभी जीवन की तमाम विषमताएँ भी उसकी निगाहों के सामने उभरने लगतीं, आखिर वह स्वयं एक आदमी है····बेकार ····यह माना कि उसके सामने पेट पालने की कोई इतनी विकराल समस्या नहीं, वह भूखों नहीं मर

रहा है, जाड़े में काँप नहीं रहा है, पर उसके दो हाथ-पैर हैं····शरीर का पिंजर है जो कुछ माँगता है····कुछ ! और वह सोचता, यह कुछ क्या है ? सुख ? शायद हाँ, शायद नहीं। वह तो दुःख में भी ज़ी सकने का आदी है, अभावों में जीवित रह सकने वाला आश्चर्यजनक कीड़ा है। तो फिर···वासना ? शायद हाँ, शायद नहीं। चंदा का शरीर लेकर उसने उस क्षणिकता को भी देखा है। तो फिर धन ?····शायद हाँ, शायद नहीं। उसने धन के लिए अपने को खपाया है। पर वह भी तो उस अदृश्य प्यास को बुझा नहीं पाया। तो फिर ?····तो फिर क्या ?····वह कुछ क्या है, जो उसकी आत्मा में नासूर-सा रिसता रहता है, अपना उपचार माँगता है ? शायद काम ! हाँ, यही, बिलकुल यही, जो उसके जीवन की घड़ियों को निपट सूना न छोड़े, जिसमें वह अपनी शक्ति लगा सके, अपना मन डुबो सके, अपने को सार्थक अनुभव कर सके, चाहे उसमें सुख हो या दुःख, अरक्षा हो या सुरक्षा, शोषण हो या पोषण—उसे सिर्फ काम चाहिए ! करने के लिए कुछ चाहिए। यही तो उसकी प्रकृत आवश्यकता है, पहली और आखिरी माँग है, क्योंकि वह उस घर में नहीं पैदा हुआ, जहाँ सिर्फ ज़बान हिलाकर शासन करने वाले होते हैं। वह उस घर में भी नहीं पैदा हुआ, जहाँ सिर्फ माँगकर जीने वाले होते हैं। वह उस घर का है, जो सिर्फ काम करना जानता है, काम ही जिसकी आस है। वह सिर्फ काम चाहता है, काम !····

और एक दिन उसकी काम-धाम की समस्या भी हल हो गई। तालाब वाले ऊँचे मैदान के दक्षिण ओर जगपती की लकड़ी की टाल खुल गई। तक टँग गया। टाल की ज़मीन पर लक्ष्मी-पूजन भी हो गया और हवन भी हुआ। लकड़ी की कोई कमी नहीं थी। गाँवों से आने वाली गाड़ियों का, इस कारबार में पैरे हुए आदमियों की मदद से मोल-तोल करवा के वहाँ गिरवा दिया गया। गाँठें एक ओर रखी गईं, चैलों का चट्टा करीने से लग गया और गुद्दे चीरने के लिए डाल दिए गए। दो-तीन गाड़ियों का सौदा करके टाल चालू कर दी गई। भविष्य में स्वयं पेड़ खरीदकर कटाने का तय किया गया। बड़ी-बड़ी स्कीमें बनीं कि किस तरह जलाने की लकड़ी से बढ़ाते-बढ़ाते एक दिन इमारती लकड़ी की कोठी बनेगी। चीरने की नई मशीन लगेगी। कारबार बढ़ जाने पर बचनसिंह भी नौकरी छोड़कर उसी में लग जाएगा। और उसने महसूस किया कि वह काम में लग गया है, अब चौबीसों घंटे उसके सामने काम है····उसके समय का उपयोग है। दिन-भर में वह एक घंटे के लिए किसी का मित्र हो सकता है, कुछ देर के लिए वह पति हो सकता है, पर बाकी समय ? दिन और रात के बाकी घंटे····उन घंटों के अभाव को सिर्फ उसका अपना काम ही भर सकता है····और अब वह कामदार था····

वह कामदार तो था, लेकिन जब टाल की उस ऊँची ज़मीन पर पड़े छप्पर के नीचे तखत पर वह गल्ला रखकर बैठता, सामने लगे लकड़ियों के ढेर, कटे हुए पेड़ के तने, जड़ों को लुढ़का हुआ देखता, तो एक निरीहता बरबस उसके दिल को बाँधने लगती। उसे लगता, एक व्यर्थ पिशाच का शरीर टुकड़े-टुकड़े करके उसके सामने डाल दिया गया

है।····फिर इन पर और कुल्हाड़ी चलेगी और इनके रेशे-रेशे अलग हो जाएँगे और तब इनकी ठठरियों को सुखाकर किसी पैसे वाले के हाथ, तक पर तौलकर बेच दिया जाएगा।

और तब उसकी निगाहें सामने खड़े ताड़ पर अटक जातीं, जिसके बड़े-बड़े पत्तों पर सुर्ख गरदन वाले गिद्ध पर फड़फड़ाकर देर तक खामोश बैठे रहते। ताड़ का काला गड़रेदार तना····और उसके सामने ठहरी हुई वायु में निस्सहाय काँपती, भारहीन नीम की पत्तियाँ चकराती झड़ती रहतीं····धूल-भरी धरती पर लकड़ी की गाड़ियों के पहियों की पड़ी हुई लीक धुँधली-सी चमक उठती और बगल वाले मूँगफली के पेच की एकरस खरखराती आवाज़ कानों में भरने लगती। बगल वाली कच्ची पगडंडी से कोई गुज़रकर, टीले के ढलान से तालाब की नीचाई में उतर जाता, जिसके गँदले पानी में कूड़ा तैरता रहता और सुअर कीचड़ में मुँह डालकर उस कूड़े को रौंदते रहते····

दोपहर सिमटती और शाम की धुंध छाने लगती, तो वह लालटेन जलाकर छप्पर के खंभे की कील में टाँग देता और उसके थोड़ी ही देर बाद अस्पताल वाली सड़क से बचनसिंह एक काले धब्बे की तरह आता दिखाई पड़ता।

गहरे पड़ते अँधेरे में उसका आकार धीरे-धीरे बढ़ता जाता और जगपती के सामने जब वह आकर खड़ा होता, तो वह उसे बहुत विशाल-सा लगने लगता, जिसके सामने उसे अपना अस्तित्व डूबता महसूस होता।

एक-आध बिक्री की बातें होतीं और तब दोनों घर की ओर चल देते। घर पहुँचकर बचनसिंह कुछ देर ज़रूर रुकता, बैठता, इधर-उधर की बातें करता। कभी मौका पड़ जाता, तो जगपती और बचनसिंह की थाली भी साथ लग जाती। चंदा सामने बैठकर दोनों को खिलाती।

बचनसिंह बोलता जाता, "क्या तरकारी बनी है! मसाला ऐसा पड़ा है कि उसकी भी बहार है और तरकारी का सवाद भी नहीं मरा। होटलों में या तो मसाला ही मसाला रहेगा या सिरफ तरकारी ही तरकारी। वाह! वाह! क्या बात है अंदाज़ की!"

और चंदा बीच-बीच में टोककर बोलती जाती, "इन्हें तो जब तक दाल में प्याज़ का भुना घी न मिले, तब तक पेट ही नहीं भरता।"

या—"सिरका अगर इन्हें मिल जाए, तो समझो, सब-कुछ मिल गया। पहले मुझे सिरका न जाने कैसा लगता था, पर अब ऐसा ज़बान पर चढ़ा है कि····"

या—"इन्हें कागज़-सी पतली रोटी पसंद ही नहीं आती। अब मुझसे कोई पतली रोटी बनाने को कहे, तो बनती ही नहीं, आदत पड़ गई है, और फिर मन ही नहीं करता····"

पर चंदा की आँखें बचनसिंह की थाली पर ही जमी रहतीं। रोटी निबटी तो रोटी परोस दी। दाल खत्म नहीं हुई, तो भी एक चमचा और परोस दी।

और जगपती सिर झुकाए खाता रहता। सिर्फ एक गिलास पानी माँगता और चंदा

चौंककर पानी देने के पहले कहती, "अरे, तुमने तो कुछ लिया भी नहीं।"—कहते-कहते वह पानी दे देती और तब उसके दिल पर गहरी-सी चोट लगती, न जाने वह क्यों खामोशी की चोट उसे बड़ी पीड़ा दे जाती....पर वह अपने को समझा लेती, कोई मेहमान तो नहीं हैं....माँग सकते थे। भूख नहीं होगी।

जगपती खाना खाकर टाल पर लेटने चला जाता, क्योंकि अभी तक कोई चौकीदार नहीं मिला था। छप्पर के नीचे तखत पर जब वह लेटता, तो अनायास ही उसका दिल भर-भर आता। पता नहीं, कौन-कौन-से दर्द एक-दूसरे से मिलकर तरह-तरह की टीस, चटख और ऐंठन पैदा करने लगते। कोई एक रग दुखती तो वह सहलाता भी, जब सभी नसें चटखती हों तो कहाँ-कहाँ राहत का अकेला हाथ सहलाए!

लेटे-लेटे उसकी निगाह ताड़ के उस ओर बनी पुख्ता कब्र पर जम जाती, जिसके सिरहाने कँटीला बबूल का एकाकी पेड़ सुन्न-सा खड़ा रहता। जिस कब्र पर एक परदानशीन औरत बड़े लिहाज़ से आकर सवेरे-सवेरे बेला और चमेली के फूल चढ़ा जाती....घूम-घूमकर उसके फेरे लेती और माथा टेककर कुछ कदम उदास-उदास-सी चलकर एकदम तेज़ी से मुड़कर बिसातियों के मुहल्ले में खो जाती। शाम होते फिर आती। एक दिया बारती और अगर की बत्तियाँ जलाती। फिर मुड़ते हुए ओढ़नी का पल्ला कंधों पर डालती, तो दिये की लौ काँपती, कभी काँपकर बुझ जाती, पर उसके कदम बढ़ चुके होते, पहले धीमे, थके, उदास-से और फिर तेज़, सधे, सामान्य-से। और वह फिर उसी मुहल्ले में खो जाती और तब रात की तनहाइयों में....बबूल के काँटों के बीच, उस साँय-साँय करते ऊँचे-नीचे मैदान में जैसे उस कब्र से कोई रूह निकलकर निपट अकेली भटकती रहती।....

तभी ताड़ पर बैठे सुर्ख गरदन वाले गिद्ध मनहूस-सी आवाज़ में किलबिला उठते और ताड़ के पत्ते भयानकता से खड़बड़ा उठते। जगपती का बदन काँप जाता और वह भटकती रूह ज़िंदा रह सकने के लिए जैसे कब्र की ईंटों में, बबूल के साए-तले दुबक जाती। जगपती अपनी टाँगों को पेट से भींचकर, कंबल में मुँह छिपा औंधा लेट जाता।

तड़के ही ठेके पर लगे लकड़हारे लकड़ी चीरने आ जाते। तब जगपती कंबल लपेट घर की ओर चला जाता....

"राजा रोज़ सवेरे टहलने जाते थे," माँ सुनाया करती थीं, "एक दिन जैसे ही महल के बाहर निकलकर आए कि सड़क पर झाड़ू लगाने वाली मेहतरानी उन्हें देखते ही अपना झाड़ू-पंजा पटककर माथा पीटने लगी, और कहने लगी, 'हाय राम! आज राजा निरबंसिया का मुँह देखा है, न जाने रोटी भी नसीब होगी कि यहीं....न जाने कौन-सी बिपत टूट पड़े!' राजा को इतना दुःख हुआ कि उलटे पैरों महल को लौट गए। मंत्री को हुकुम दिया कि उस मेहतरानी का घर नाज से भर दें। और सब राजसी वस्त्र उतार, राजा उसी क्षण जंगल की ओर चले गए। उसी रात रानी को सपना हुआ कि कल की रात तेरी

मनोकामना पूरी करने वाली है। रानी बहुत पछता रही थी। पर फौरन ही रानी राजा को खोजती-खोजती उस सराय में पहुँच गई, जहाँ वह टिके हुए थे। रानी भेष बदलकर सेवा करने वाली भटियारिन बनकर राजा के पास रात में पहुँची। रात-भर उनके साथ रही और सुबह राजा के जागने से पहले सराय छोड़ महल में लौट गई। राजा सुबह उठकर दूसरे देश की ओर चले गए। दो ही दिनों में राजा के निकल जाने की खबर राज-भर में फैल गई, राजा निकल गए, चारों तरफ यही खबर थी…"

और उस दिन टोले-मुहल्ले के हर आँगन में बरसात के मेंह की तरह यह खबर बरसकर फैल गई कि चंदा के बाल-बच्चा होने वाला है।

नुक्कड़ पर जमुना सुनार की कोठरी में फिंकती सुरही रुक गई। मुंशीजी ने अपना मीज़ान लगाना छोड़ विस्फारित नेत्रों से ताक कर खबर सुनी। बंसी किराने वाले ने कुएँ से आधी गई रस्सी खींच, डोल मन पर पटककर सुना। सुदर्शन दरज़ी ने मशीन के पहिए को हथेली से रगड़कर रोककर सुना। हंसराज पंजाबी ने अपनी नील लगी मलगुजी कमीज़ की आस्तीनें चढ़ाते हुए सुना। और जगपती की बेवा चाची ने औरतों के जमघट में बड़े विश्वास, पर भेद-भरे स्वर में सुनाया—"आज छह साल हो गए शादी को…न बाल, न बच्चा…न जाने किसका पाप है उसके पेट में!…और किसका होगा सिवा उस मुस्टंडे कंपोटर के! न जाने कहाँ से कुलच्छनी इस मुहल्ले में आ गई!…इस गली की तो पुश्तों से ऐसी मरजाद रही है कि गैर मरद औरत की परछाईं तक नहीं देख पाए। यहाँ के मरद तो बस अपने घर की औरतों को जानते हैं। उन्हें तो पड़ोसी के घर की ज़नानों की गिनती तक नहीं मालूम!" यह कहते-कहते उनका चेहरा तमतमा आया और सब औरतें देवलोक की देवियों की तरह गंभीर बनी, अपनी पवित्रता की महानता के बोझ से दबी धीरे-धीरे खिसक गईं।

सुबह यह खबर फैलने से पहले जगपती टाल पर चला गया था। पर सुनी उसने भी आज ही थी। दिन-भर वह तखत पर कोने की ओर मुँह किए पड़ा रहा। न ठेके की लकड़ियाँ चिरवाईं न बिक्री की ओर ध्यान दिया, न दोपहर का खाना खाने ही घर गया। जब रात अच्छी तरह फैल गई तो वह एक हिंसक पशु की भाँति उठा। उसने अपनी उँगलियाँ चटकाईं, मुट्ठी बाँधकर बाँह का ज़ोर देखा, तो नसें तनीं और बाँह में कठोर कंपन-सा हुआ। उसने तीन-चार पूरी साँसें खींची और मज़बूत कदमों से घर की ओर चल पड़ा। मैदान खत्म हुआ…कंकड़ की सड़क आई…सड़क खत्म हुई, गली आई। पर गली के अँधेरे में घुसते ही वह सहम गया, जैसे किसी ने अदृश्य हाथों से उसे पकड़कर सारा रक्त निचोड़ लिया, उसकी फटी हुई शक्ति की नस पर हिम-शीतल होंठ रखकर सारा रस चूस लिया। और गली के अँधेरे की हिकारत-भरी कालिख और भी भारी हो गई, जिसमें घुसने से उसकी साँस रुक जाएगी…घुट जाएगी।

वह पीछे मुड़ा, पर रुक गया। फिर कुछ संयत होकर वह चोरों की तरह निःशब्द कदमों से किसी तरह घर की भीतरी देहरी तक पहुँच गया।

दाईं ओर की रसोई वाली दहलीज़ में कुप्पी टिमटिमा रही थी और चंदा अस्तव्यस्त-सी दीवार से सिर टेके शायद आसमान निहारते-निहारते सो गई थी। कुप्पी का प्रकाश उसके आधे चेहरे को उजागर किए था और आधा चेहरा गहन कालिमा में डूबा अदृश्य था।

वह खामोशी से खड़ा ताकता रहा। चंदा के चेहरे पर नारीत्व की प्रौढ़ता आज उसे दिखाई दी। चेहरे की सारी कमनीयता न जाने कहाँ खो गई थी, उसका अछूतापन न जाने कहाँ लुप्त हो गया था। फूला-फूला मुख। जैसे टहनी से तोड़े फूल को पानी में डालकर ताज़ा किया गया हो, जिसकी पंखुरियों में टूटन की सुरमई रेखाएँ पड़ गई हों, पर भीगने से भारीपन आ गया हो।

उसके खुले पैर पर उसकी निगाह पड़ी, तो सूजा-सा लगा। एड़ियाँ भरी, सूजी-सी और नाखूनों के पास अजब-सा सूखापन। जगपती का दिल एक बार मसोस उठा। उसने चाहा कि बढ़कर उसे उठा ले। अपने हाथों से उसका पूरा शरीर छू-छूकर सारा कलुष पोंछ दे, अपनी साँसों की अग्नि में तपाकर एक बार फिर उसे पवित्र कर ले। और उसकी आँखों की गहराई में झाँककर कहे—देवलोक से किस शापवश निर्वासित हो तुम इधर आ गई, चंदा? यह शाप तो अमिट था।

तभी चंदा ने हड़बड़ाकर आँखें खोलीं। जगपती को सामने देख उसे लगा कि वह एकदम नंगी हो गई हो। अतिशय लज्जित हो उसने अपने पैर समेट लिए। घुटनों से धोती नीचे सरकाई और बहुत संयत-सी उठकर रसोई के अँधेरे में खो गई।

जगपती एकदम हताश हो वहीं कमरे की देहरी पर चौखट से सिर टिका बैठ गया। नज़र कमरे में गई, तो लगा कि पराये स्वर वहाँ गूँज रहे हैं, जिनमें चंदा का भी एक है। हर तरफ, घर के हर कोने से, अँधेरा सैलाब की तरह बढ़ता आ रहा था···एक अजीब निस्तब्धता···असमंजस! गति, पर पथभ्रष्ट! शक्लें, पर आकारहीन।

"खाना खा लेते,"—चंदा का स्वर कानों में पड़ा। वह अनजाने ऐसे उठ बैठा, जैसे तैयार बैठा हो। उसकी बात की आज तक उसने अवज्ञा न की थी। खाने तो बैठ गया, पर कौर नीचे नहीं सरक रहा था। तभी चंदा ने बड़े सधे शब्दों में कहा, "कल मैं गाँव जाना चाहती हूँ।"

जैसे वह इस सूचना से परिचित था, बोला, "अच्छा।"

चंदा फिर बोली, "मैंने बहुत पहले घर चिट्ठी डाल दी थी, भैया कल लेने आ रहे हैं।"

"तो ठीक है,"—जगपती वैसे ही डूबा-डूबा बोला।

चंदा का बाँध टूट गया और वह वहीं घुटनों में मुँह दबाकर कातर-सी फफक-फफककर रो पड़ी। न उठ सकी, न हिल सकी।

जगपती क्षण-भर को विचलित हुआ, पर जैसे जम जाने के लिए। उसके होंठ फड़के और क्रोध के ज्वालामुखी को जबरन दबाते हुए भी वह फूट पड़ा, "यह सब मुझे

क्या दिखा रही है ? बेशर्म ! बेगैरत !····उस वक्त नहीं सोचा था, जब···जब···मेरी लाश तले····"

"तब···तब की बात झूठ है····" सिसकियों के बीच चंदा का स्वर फूटा, "जब तुमने मुझे बेच दिया····"

आग सुलगाता-सा एक भरपूर हाथ चंदा की कनपटी पर पड़ा। और जगपती अपनी हथेली को दूसरी से दाबता, खाना छोड़कर कोठरी में घुस गया। और रात-भर कुंडी चढ़ाए उसी कालिख में घुटता रहा।

दूसरे दिन चंदा घर छोड़ अपने गाँव चली गई।

जगपती पूरा दिन और रात टाल पर ही काट देता, उसी वीराने में, तालाब के बगल, कब्र, बबूल और ताड़ के पड़ोस में। पर मन मुरदा हो गया था। ज़बरदस्ती वह अपने को वहीं रोके रहता।····उसका दिल होता, कहीं निकल जाए। पर ऐसी कमज़ोरी उसके तन और मन को खोखला कर गई थी कि चाहने पर भी वह जा न पाता। हिकारत-भरी नज़रें सहता, पर वहीं पड़ा रहता। काफी दिनों बाद जब नहीं रहा गया, तो एक दिन जगपती घर पर ताला लगा, नज़दीक के गाँव में लकड़ी कटाने चला गया। उसे लग रहा था कि अब वह पंगु हो गया है, बिलकुल लँगड़ा, एक रेंगता कीड़ा, जिसके न आँख है, न कान, न मन, न इच्छा।

वह उस बाग में पहुँच गया, जहाँ खरीदे पेड़ कटने थे। दो आरेवालों ने मोटे पेड़ के तने पर आरा रखा और कर्र-कर्र का अबाध शोर शुरू हो गया। दूसरे पेड़ पर बन्ने और शकूरे की कुल्हाड़ी बज उठीं। और गाँव से दूर उस बाग में एक लयपूर्ण शोर शुरू हो गया। जड़ पर कुल्हाड़ी पड़ती तो पूरा पेड़ थर्रा जाता।

करीब के खेत की मेड़ पर बैठे जगपती का शरीर भी जैसे काँप-काँप उठता। चंदा ने कहा था, 'लेकिन जब तुमने मुझे बेच दिया····' क्या वह ठीक कहती थी ? क्या बचनसिंह ने टाल के लिए जो रुपए दिए थे, उसका ब्याज इधर चुकता हुआ ? क्या सिर्फ वही रुपए आग बन गए, जिसकी आँच में उसकी सहनशीलता, विश्वास और आदर्श मोम-से पिघल गए।

"श···कूरे !" —बाग से लगे दड़े पर से किसी ने आवाज़ लगाई। शकूरे ने कुल्हाड़ी रोककर वहीं से हाँक लगाई, "कोने के खेत से लीक बनी है, ज़रा मेड़ मारकर नँघा ला गाड़ी।"

जगपती का ध्यान भंग हुआ। उसने मुड़कर दड़े पर आँखें गड़ाईं। दो भैंसा-गाड़ियाँ लकड़ी भरने के लिए आ पहुँची थीं। शकूरे ने जगपती के पास आकर कहा, "एक गाड़ी का भर्त तो हो गया, बल्कि डेढ़ का···अब इस पतरिया पेड़ को न छाँट दें ?"

जगपती ने उस पेड़ की ओर देखा, जिसे काटने के लिए शकूरे ने इशारा किया था, पेड़ की शाख हरी पत्तियों से भरी थी। वह बोला, "अरे, यह तो हरा है अभी···इसे

छोड़ दो।"

"हरा होने से क्या, उखट तो गया है। न फूल का, न फल का। अब कौन इसमें फल-फूल आएँगे, चार दिन में पत्ती झुरा जाएँगी।" शकूरे ने पेड़ की ओर देखते हुए उस्तादी अंदाज़ से कहा।

"जैसा ठीक समझो तुम,"—जगपती ने कहा, और उठकर मेड़-मेड़ पक्के कुएँ पर पानी पीने चला गया।

दोपहर ढलते गाड़ियाँ भरकर तैयार हुईं और शहर की ओर रवाना हो गईं। जगपती को उनके साथ आना पड़ा। गाड़ियाँ लकड़ी से लदी शहर की ओर चली जा रही थीं और जगपती गरदन झुकाए कच्ची सड़क की धूल में डूबा, भारी कदमों से धीरे-धीरे उन्हीं की बजती घंटियों के साथ निर्जीव-सा बढ़ता जा रहा था···

"कई बरस बाद राजा परदेश से बहुत-सा धन कमाकर गाड़ी में लादकर अपने देश की ओर लौटे," माँ सुनाया करती थीं, "राजा की गाड़ी का पहिया महल से कुछ दूर पतेल की झाड़ी में उलझ गया। हर तरह कोशिश की, पर पहिया न निकला। तब एक पंडित ने बताया कि 'सकट' के दिन का जनमा बालक अगर अपने घर की सुपारी लाकर उसमें छुआ दे, तो पहिया निकल जाएगा। वहीं दो बालक खेल रहे थे। उन्होंने यह सुना तो कूदकर पहुँचे और कहने लगे कि हमारी पैदाइश सकट की है, पर सुपारी तब लाएँगे, जब तुम आधा धन देने का वादा करो। राजा ने बात मान ली। बालक दौड़े-दौड़े घर गए। सुपारी लाकर छुआ दी, फिर घर का रास्ता बताते आगे-आगे चले। आखिर गाड़ी महल के सामने उन्होंने रोक ली।

"राजा को बड़ा अचरज हुआ कि हमारे ही महल में ये बालक कहाँ से आ गए? भीतर पहुँचे तो रानी खुशी से बेहाल हो गई।

"पर राजा ने पहले उन बालकों के बारे में पूछा तो रानी ने कहा कि ये दोनों बालक उन्हीं के राजकुमार हैं। राजा को विश्वास नहीं हुआ। रानी बहुत दुःखी हुई।"

गाड़ियाँ जब टाल पर आकर लगीं और जगपती तखत पर हाथ-पैर ढीले करके बैठ गया, तो पगडंडी से गुज़रते मुंशीजी ने उसके पास आकर बताया, "अभी उस दिन वसूली में तुम्हारी ससुराल के नज़दीक एक गाँव में जाना हुआ, तो पता लगा कि पंद्रह-बीस दिन हुए चंदा के लड़का हुआ है।" और फिर जैसे मुहल्ले में सुनी-सुनाई बातों पर परदा डालते हुए बोले, "भगवान् के राज में देर है, अँधेर नहीं, जगपती भैया!"

जगपती ने सुना तो पहले उसने गहरी नज़रों से मुंशीजी को ताका, पर वह उनके तीर का निशाना ठीक-ठीक नहीं खोज पाया। पर सब-कुछ सहन करते हुए बोला, "देर और अँधेर दोनों हैं!"

"अँधेर तो सरासर है···तिरिया चरित्तर है सब! बड़े-बड़े हार गए···" कहते-कहते

मुंशीजी रुक गए, पर कुछ इस तरह जैसे कोई बड़ी भेद-भरी बात है, जिसे उनकी गोल होती हुई आँखें समझा देंगी।

जगपती मुंशीजी की तरफ ताकता रह गया। मिनिट-भर मनहूस-सा मौन छाया रहा, उसे तोड़ते हुए मुंशीजी बड़ी दर्द-भरी आवाज़ में बोले, "सुन तो लिया होगा तुमने ?"

"क्या"—कहने को तो जगपती कह गया, पर उसे लगा कि अभी मुंशीजी उस गाँव में फैली बात को ही बड़ी बेदर्दी से कह डालेंगे, उसने नाहक पूछा।

तभी मुंशीजी ने उसकी नाक के पास मुँह ले जाते हुए, "चंदा दूसरे के घर बैठ रही है····कोई मदसूदन है वहीं का। पर बच्चा दीवार बन गया है, चाहते तो वो यही हैं कि मर जाए तो रास्ता खुले, पर राम जी की मरज़ी····सुना है, बच्चा रहते भी वो चंदा को बैठाने को तैयार है।"

जगपती की साँस गले में अटककर रह गई। बस, आँखें मुंशीजी के चेहरे पर पथराई-सी जड़ी थीं।

मुंशीजी बोले, "अदालत से बच्चा तुम्हें मिल सकता है।····अब काहे की शरम-लिहाज !"

"अपना कहकर किस मुँह से माँगूँ, बाबा ? हर तरफ तो कर्ज़ से दबा हूँ। तन से, मन से, पैसे से, इज़्ज़त से किसके बल पर दुनिया सँजोने की कोशिश करूँ ?" कहते-कहते वह अपने में खो गया।

मुंशीजी वहीं बैठ गए। जब रात झुक आई तो जगपती के साथ ही मुंशीजी भी उठे। उसके कंधे पर हाथ रखे वह उसे गली तक लाए। अपनी कोठरी आने पर पीठ सहलाकर उसे छोड़ दिया। वह गरदन झुकाए गली के अँधेरे में उन्हीं खयालों में डूबा ऐसे चलता चला आया, जैसे कुछ हुआ ही न हो। पर कुछ ऐसा बोझ था, जो न सोचने देता था और न समझने। जब चाची की बैठक के पास से गुज़रने लगा, तो सहसा उसके कानों में भनक पड़ी—"आ गए सत्यानासी ! कुलबोरन !"

उसने ज़रा नज़र उठाकर देखा, तो गली की चाची-भौजाइयाँ बैठक में जमा थीं और चंदा की ही चर्चा छिड़ी थी। पर वह चुपचाप निकल गया।

इतने दिनों बाद ताला खोला और बरोठे के अँधेरे में कुछ सूझ न पड़ा, तो एकाएक वह रात उसकी आँखों के सामने घूम गई जब वह अस्पताल से चंदा के साथ लौटा था। बेवा चाची का ज़हरबुझा तीर, 'आ गए राजा निरबंसिया अस्पताल से।' और आज—सत्यानासी ! कुलबोरन ! और स्वयं उसका वह वाक्य, जो चंदा को छेद गया था, 'तुम्हारे कभी कुछ न होगा···· !' और उस रात की शिशु चंदा !

चंदा के लड़का हुआ है।····वह कुछ और जनती, आदमी का बच्चा न जनती !····वह और कुछ भी जनती, कंकड़, पत्थर ! वह नारी न बनती, बच्ची ही बनी रहती, उस रात की शिशु चंदा ! पर चंदा यह सब क्या करने जा रही है ? उसके जीते-जी

वह दूसरे के घर बैठने जा रही है ? कितने बड़े पाप में ढकेल दिया चंदा को····पर उसे भी तो कुछ सोचना चाहिए ! आखिर क्या ? पर मेरे जीते-जी तो यह सब अच्छा नहीं। वह इतनी घृणा बरदाश्त करके भी जीने को तैयार है ! या मुझे जलाने को ? वह मुझे नीच समझती है, कायर····नहीं तो एक बार खबर तो लेती ! बच्चा हुआ, तो पता तो लगता। पर नहीं, वह उसका कौन है ? कोई भी नहीं ! औलाद ही तो वह स्नेह की धुरी है, जो आदमी-औरत के पहियों को साधकर तन के दलदल से पार ले जाती है····नहीं तो हर औरत वेश्या है और हर आदमी वासना का कीड़ा। तो क्या चंदा····औरत नहीं रही ? वह ज़रूर औरत थी, पर स्वयं मैंने उसे नरक में डाल दिया ! वह बच्चा मेरा कोई नहीं पर चंदा तो मेरी है। एक बार उसे ले आता फिर यहाँ····रात के मोहक अँधेरे में उसके फूल-से अधरों को देखता····निर्द्वंद्व सोए पलकों को निहारता····साँसों की दूध-सी अछूती महक को समेट लेता····

आज का अँधेरा ! घर में तेल भी नहीं, जो दीया जला ले। और फिर किसके लिए कौन जलाए ? चंदा के लिए····पर उसे तो उसने बेच दिया था। सिवा चंदा के कौन-सी संपत्ति उसके पास थी, जिसके आधार पर कोई कर्ज़ देता। कर्ज़ न मिलता, तो यह सब कैसे चलता ? काम····पेड़ कहाँ से कटते ? और तब शकूरे के वे शब्द उसके कानों में गूँज गए, 'हरा होने से क्या, उखट तो गया है····' वह स्वयं भी तो एक उखटा हुआ पेड़ है, न फल का, न फूल का, सब व्यर्थ ही तो है। जो कुछ सोचा उस पर कभी विश्वास न कर पाया। चंदा को चाहता रहा, पर उसके दिल में चाहत न जगा पाया। उसे कहीं से एक पैसा माँगने पर डाँटता रहा, पर खुद लेता रहा और आज····वह दूसरे के घर बैठ रही है····उसे छोड़कर····वह अकेला है;····हर तरफ बोझ है, जिसमें उसकी नस-नस कुचली जा रही है, रग-रग फट गई है।····और वह किसी तरह टटोल-टटोलकर भीतर घर में पहुँचा····

"रानी अपने कुल-देवता के मन्दिर में पहुँचीं,"—माँ सुनाया करती थीं, "अपने सतीत्व को सिद्ध करने के लिए उन्होंने घोर तपस्या की। राजा देखते रहे ! कुल-देवता प्रसन्न हुए और उन्होंने अपनी दैवी शक्ति से दोनों बालकों को तत्काल जनमे शिशुओं में बदल दिया। रानी की छातियों में दूध भर आया और उनमें से धार फूट पड़ी, जो शिशुओं के मुँह में गिरने लगी। राजा को रानी के सतीत्व का सबूत मिल गया। उन्होंने रानी के चरण पकड़ लिए और कहा कि तुम देवी हो ! ये मेरे पुत्र हैं ! और उस दिन से राजा ने फिर से राजकाज सँभाल लिया····"

पर उसी रात जगपती अपना सारा कारबार त्याग, अफीम और तेल पीकर मर गया। क्योंकि चंदा के पास कोई दैवी शक्ति नहीं थी और जगपती राजा का नहीं,

बचनसिंह कंपाउंडर का कर्ज़दार था !····

"राजा ने दो बातें कीं," माँ सुनाती थीं, "एक तो रानी के नाम से उन्होंने बहुत बड़ा मंदिर बनवाया और दूसरे, राज के नए सिक्कों पर बड़े राजकुमार का नाम खुदवाकर चालू किया जिससे राज-भर में अगले उत्तराधिकारी की खबर हो जाए···"

जगपती ने मरते वक्त दो परचे छोड़े, एक चंदा के नाम, दूसरा कानून के नाम।

चंदा को उसने लिखा था—'चंदा, मेरी अंतिम चाह यही है कि तुम बच्चे को लेकर चली आना···अभी एक-दो दिन मेरी लाश की दुर्गति होगी, तब तक तुम आ सकोगी। चंदा, आदमी को पाप नहीं पश्चात्ताप मारता है, मैं बहुत पहले मर चुका था। बच्चे को लेकर ज़रूर चली आना।"

कानून को उसने लिखा था—"किसी ने मुझे मारा नहीं है····किसी आदमी ने नहीं। मैं जानता हूँ कि मेरे ज़हर की पहचान करने के लिए मेरा सीना चीरा जाएगा। उसमें ज़हर है। मैंने अफीम नहीं, रुपए खाए हैं, उन रुपयों में कर्ज़ का ज़हर था, उसी ने मुझे मारा है। मेरी लाश तब तक न जलाई जाए, जब तक चंदा बच्चे को लेकर न आ जाए। आग बच्चे से दिलवाई जाए। बस।"

माँ जब कहानी समाप्त करती थीं, तो आसपास बैठे बच्चे फूल चढ़ाते थे। मेरी कहानी भी खत्म हो गई, पर···

चप्पल

कहानी बहुत छोटी-सी है।

मुझे ऑल इंडिया मेडिकल इंस्टीट्यूट की सातवीं मंज़िल पर जाना था। आई० सी० यू० में। गाड़ी पार्क करके चला तो मन बहुत ही दार्शनिक हो उठा था। कितना दुःख और कष्ट है इस दुनिया में····लगातार एक लड़ाई मृत्यु से चल रही है····और उस दुःख और कष्ट को सहते हुए लोग—सब एक-से हैं। दर्द और यातना तो दर्द और यातना ही हैं—चाहे वह किसी की हो। इसमें इंसान और इंसान के बीच भेद नहीं किया जा सकता। दुनिया में हर माँ के दूध का रंग एक है। खून और आँसुओं का रंग भी एक है। दूध, खून और आँसुओं का रंग नहीं बदला जा सकता····शायद उसी तरह दुःख, कष्ट और यातना के रंगों का भी बँटवारा नहीं किया जा सकता। इस विराट् मानवीय दर्शन से मुझे राहत मिली थी····मेरे भीतर से सदियाँ बोलने लगी थीं। एक पुरानी सभ्यता का वारिस होने के नाते यह मानसिक सुविधा ज़रूर है कि तुम हर बात, घटना या दुर्घटना का कोई दार्शनिक उत्तर खोज सकते हो। समाधान चाहे न मिले, पर एक अमूर्त दार्शनिक उत्तर ज़रूर मिल जाता है।

और फिर पुरानी सभ्यताओं की यह खूबी भी है कि उनकी परंपरा से चली आती संतानों को एक आत्मा नाम की अमूर्त शक्ति भी मिल गई है—और सदियों पुरानी सभ्यता मनुष्य के क्षुद्र विकारों का शमन करती रहती है····एक दार्शनिक दृष्टि से जीवन की क्षण-भंगुरता का एहसास कराते हुए सारी विषमताओं को समतल करती रहती है····

मुझे अपने उस मित्र की बातें याद आईं जिसने मुझे संध्या के संगीन ऑपरेशन की बात बताई थी और उसे देख आने की सलाह दी थी। उसी ने मुझे आई० सी० यू० में संध्या के केबिन का पता बताया था—आठवें फ्लोर पर ऑपरेशन थियेटर्स हैं और सातवें पर संध्या का आई० सी० यू०। मेजर ऑपरेशन में संध्या की बड़ी आँत काटकर निकाल दी गई थी और अगले अड़तालीस घंटे क्रिटिकल थे····

रास्ता इमरजेंसी वार्ड से जाता था। एक बेहद दर्द-भरी चीख इमरजेंसी वार्ड से आ रही थी····वह दर्द-भरी चीख तो दर्द-भरी चीख ही थी—कोई घायल मरीज़ असह्य तकलीफ से चीख रहा था। उस चीख से आत्मा दहल रही थी····दर्द की चीख और दर्द की चीख में क्या अंतर था! दूध, खून और आँसुओं के रंगों की तरह चीख की तकलीफ भी तो एक-सी थी। उसमें विषमता कहाँ थी?····

मेरा वह मित्र जिसने मुझे संध्या को देख आने की फर्ज़ अदायगी के लिए भेजा था, वह भी इलाहाबाद का ही था। वह भी उसी सदियों पुरानी सभ्यता का वारिस था।

ठेठ इलाहाबादी मौज में वह भी दार्शनिक की तरह बोला था—अपना क्या है? रिटायर होने के बाद गंगा किनारे एक झोंपड़ी डाल लेंगे। आठ-दस ताड़ के पेड़ लगा लेंगे···मछली मारने की एक बंसी···दो-चार मछली तो दोपहर तक हाथ आएँगी ही···रात-भर जो ताड़ी टपकेगी उसे फ्रिज में रख लेंगे···

"फ्रिज में?"

"और क्या···माडर्न साधू की तरह रहेंगे! मछलियाँ तलेंगे, खाएँगे और ताड़ी पीएँगे···और क्या चाहिए···पेंशन मिलती रहेगी। और माया-मोह क्यों पालें? पालेंगे तो प्राण अटके रहेंगे···ताड़ी और मछली···बस, आत्मा ताड़ी पीकर, मछली खाके आराम से महाप्रस्थान जाएगी···न कोई दुःख, न कोई कष्ट···लेकिन तुम जाके संध्या को देख जरूर आना···वो क्रिटिकल है···"

मेरा मित्र अपने भविष्य के बारे में कितना निश्चिंत था, यह देखकर मुझे अच्छा लगा था।

यह बात सोच-सोचकर मुझे अभी तक अच्छा लग रहा था, सिवा उस चीख के जो इमरजेंसी वार्ड से अब तक आ रही थी···और मुझे सता रही थी···इसीलिए लिफ्ट के आने में जो देरी लग रही थी वह मुझे खल रही थी।

आखिर लिफ्ट आई। सेवेन—सात, मैंने कहा और संध्या के बारे में सोचने लगा। दो-तीन वार्ड बॉय तीसरी और चौथी मंज़िल पर उतर गए।

पाँचवीं मंज़िल पर लिफ्ट रुकी तो कुछ लोग ऊपर जाने के लिए इंतज़ार कर रहे थे। इन्हीं लोगों में था वह पाँच साल का बच्चा—अस्पताल की धारीदार बहुत बड़ी-सी कमीज़ पहने हुए···शायद उसका बाप, वह ज़रूर ही उसका बाप होगा, उसे गोद में उठाए हुए था···उस बच्चे के पैरों में छोटी-छोटी नीली हवाई चप्पलें थीं, जो गोद में होने के कारण उसके छोटे-छोटे पैरों में उलझी हुई थीं।

अपने पैरों से गिरती हुई चप्पलों को धीरे से उलझाते हुए बच्चा बोला, "बाबा! चप्पल···"

उसके बाप ने चप्पलें उसके पैरों में ठीक कर दीं। वार्ड बॉय ह्वीलचेयर बढ़ाते हुए बोला, "आ जा, इसमें बैठेगा!" बच्चा हलके से हँसा···वार्ड बॉय ने उसे कुर्सी में बैठा दिया···उसे बैठने में कुछ तकलीफ हुई पर वह कुर्सी के हत्थे पर अपने नन्हे-नन्हे हाथ पटकता हुआ भी हँसता रहा। दर्द का एहसास तो उसे भी था, पर दर्द के कारण का एहसास उसे बिलकुल नहीं था। वह कुर्सी में ऐसे बैठा था जैसे सिंहासन पर बैठा हो···कुर्सी बड़ी थी और वह छोटा। वार्ड बॉय ने कुर्सी को पुश किया। वह लिफ्ट में आ गया। उसके साथ ही उसका बाप भी। उसका बाप उसके सिर पर प्यार से हाथ फेरता रहा।

लिफ्ट सात पर रुका, पर मैं नहीं निकला। दो-एक लोग निकल गए। लिफ्ट आठ पर रुका। यहीं ऑपरेशन थियेटर थे। दरवाज़ा खुला तो एक नर्स, जिसके हाथ में सब

पर्चे थे, उसे देखते हुए बोली—"आ गया तू !"

उस बच्चे ने धीरे से मुस्कराते हुए नर्स से जैसे—हाँ ! उसकी आँखें नर्स से शर्मा रही थीं और उनमें बचपन की बड़ी मासूम दूधिया चमक थी। ह्वील-चेयर एक झटके के साथ लिफ्ट से बाहर गई···नर्स ने उसका कंधा हलके से थपका···

"बाबा चप्पल ! वह तभी बोला—मेरी चप्पल···"

उसकी एक चप्पल लिफ्ट के पास गिर गई थी। उसके बाप ने वह चप्पल भी उसे पहना दी। उसने दोनों पैरों की उँगलियों को सिकोड़ा और अपनी चप्पलें पैरों में कस लीं।

लिफ्ट बंद हुआ और नीचे उतर गया।

वार्ड बॉय बच्चे की कुर्सी को पुश करता हुआ ऑपरेशन थियेटर वाले बरामदे में मुड़ गया। नर्स उसके साथ ही चली गई। उसका बाप धीरे-धीरे उन्हीं के पीछे चला गया।

तब मुझे याद आया कि मुझे तो सातवीं मंज़िल पर जाना था। संध्या वहीं थी। मैं सीढ़ियों से एक मंज़िल उतर आया। संध्या के डॉक्टर पति ने मुझे पहचाना और आगे बढ़कर मुझसे हाथ मिलाया। हाथ की पकड़ में मायूसी और लाचारी थी। कुछ पल खामोशी रही। फिर मैंने कहा—

"मैं कल ही वापस आया। तभी पता चला। यह एकाएक कैसे हो गया ?"

"नहीं, एकाएक नहीं, ब्लीडिंग तो पहले भी हुई थी पर तब कंट्रोल कर ली गई थी। पन्द्रह दिनों बाद फिर होने लगी। एक्सेसिव ब्लीडिंग।···चार घंटे ऑपरेशन में लगे···एंड यू नो, वी डाक्टर्स और वर्स्ट पेशेंट्स !" वो संध्या के बारे में भी कह रहे थे। संध्या भी डॉक्टर थी।

"यस ! आप तो सब समझ रहे होंगे···संध्या को भी एक-एक बात का अंदाज हो गया होगा !" मैंने कहा।

"लेकिन वो बहुत करेजसली बिहेव कर रही है !" संध्या के डॉक्टर पति ने कहा। बोल तो सकती नहीं···पल्स भी गरदन के पास मिली···आर्टीफिशल रेस्पटेशन पर है···एक तरह से देखिए तो उसका सारा शरीर आराम कर रहा है और सब-कुछ आर्टीफिशल मदद से ही चल रहा है··· संध्या के डॉक्टर पति ज़्यादातर बातें मुझे मेडिकल टर्म्स में ही बताते रहे और मैं उन्हें समझने की कोशिश करता रहा। बीच-बीच में मैं इधर-उधर की बातें भी करता रहा।

"संध्या का भाई भी आज सुबह पहुँच गया···किसी तरह उसे जापान होते हुए टिकट मिल गया !" उन्होंने बताया।

"यह तो बहुत अच्छा हुआ।" मैंने कहा।

"आप देखना चाहेंगे ?"

"हाँ, अगर पासिबिल हो तो···"

“आइए…देख तो सकते हैं…भीतर जाने की इजाज़त नहीं है…वैसे तो सब डॉक्टर फ्रेंड्स ही हैं, पर…”

“नहीं-नहीं, वो ठीक भी है… ।”

“वो बोल भी नहीं सकती…वैसे आज कांशस है…कुछ कहना होता है तो लिख के बता देती है।” उन्होंने कहा और एक केबिन के सामने पहुँचकर उन्होंने इशारा किया।

मैंने शीशे की दीवार से संध्या को देखा। वह पहचान में ही नहीं आई। दो डॉक्टर और नर्स उसे अटैंड भी कर रहे थे…और फिर इतनी नलियाँ और मशीनें थीं कि उनके बीच संध्या को पहचानना मुश्किल भी था।

संध्या होश में थी। डॉक्टर को देख रही थी। डॉक्टर उसका एक हाथ सहलाते हुए उसे कुछ बता रहा था। मैंने संध्या को इस हाल में देखा तो मन उदास हो गया। वह कितनी लाचार थी। बीमारी और समय के सामने आदमी लाचार ही होता है…कुछ कर नहीं पाता। मैंने मन-ही-मन संध्या के लिए प्रार्थना की—किससे की यह नहीं मालूम—ऐसी जगहों पर आकर भगवान् पर ध्यान जाता भी है और किसी के शुभ के लिए उसके अस्तित्व को स्वीकार कर लेने में अपना कुछ नहीं जाता—सिवा प्रार्थना के कुछ शब्दों के।

हम आई॰ सी॰ यू॰ से हटकर फिर बरामदे में आ गए। वहाँ बैठने के लिए कोई जगह नहीं थी। बरामदे बैठने के लिए बनाए भी नहीं गए थे। संध्या या डॉक्टर की बहन नीचे चादर बिछाए बैठी थी। डॉक्टर के कुछ दोस्त एक गुच्छे में खड़े थे।

“अभी तो, बाद में, एक ऑपरेशन और होगा…” संध्या के डॉक्टर पति ने बताया, “तब छोटी आंत को सिस्टम से जोड़ा जाएगा…खैर, पहले वो स्टेबलाइज़ करे, फिर रिकवरी का सवाल है…इसमें ही करीब तीन महीने लग जाएँगे…उसके बाद मैं सोचता हूँ—उसे अमरीका ले जाऊँगा!”

“यह ठीक रहेगा!”

इसके बाद हम फिर इधर-उधर की बातें करते रहे। मैं संध्या की संगीन हालत से उनका ध्यान भी हटाना चाहता था। इसके सिवा मैं और कर भी क्या सकता था और डॉक्टर के सामने यों खामोश खड़े रहना अच्छा भी नहीं लग रहा था।

मैं यह जताते हुए कि अस्पताल वालों से छुपाकर मैं सिगरेट पीना चाहता हूँ—मैं खिड़की के पास जाकर खड़ा हो गया। बाहर लू चल रही थी। नीचे धरातल पर कुछ लोग आ-जा रहे थे…वे ऊपर से बहुत लाचार और बेचारे लग रहे थे और मेरे मन से सबके शुभ के लिए सद्भावना की नदियाँ फूट रही थीं…ऐसे में तुम सोचो—लगता है मनुष्य ने मनुष्य के साथ तो सघन और उदात्त संबंध बना लिए हैं पर ईश्वर के साथ वह ऐसा नहीं कर पाया है। मनुष्य अपने ईश्वर के दुःख-सुख में शामिल नहीं हो सकता। ईश्वर से उसका संबंध सिर्फ दाता और पाता का है। वह देता है और मनुष्य पाता है।

कितना इकतरफा रिश्ता है यह····और फिर अगर तुम यह भी मान लो कि ईश्वर ही मनुष्य को बनाता है तो ईश्वर की क्षमता पर विश्वास और घटने लगता है—सृष्टि के आदि से वह मनुष्य को बनाता आ रहा है परंतु असंख्य प्राण बनाने के बावजूद वह आज तक एक सहज संपूर्ण और मुकम्मिल मनुष्य नहीं बना पाया। कुछ कमी कहीं तो ईश्वर की व्यवस्था में भी है····हो सकता है उनका आदि-कलाकार कुंभकार उन्हें मिट्टी सप्लाई करने में कुछ घपला कर रहा हो।····इस रहस्य का पता कौन लगाएगा? रहस्य ही रहस्य को जन्म देता है। शायद इसीलिए मनुष्य ने ईश्वर को रहस्य ही रहने दिया····जो सत्ता या शक्ति विश्वास के निकष पर खरी न उतरे उसे रहस्य बना देना ही बेहतर है····और किया भी क्या जा सकता····

लू के एक थपेड़े ने मेरा मुँह झुलसा दिया। डॉक्टर अपने चिंताग्रस्त शुभचिंतकों के गुच्छे में खड़े थे—और सबके चेहरे कुछ ज़्यादा सतर्क थे।

—ब्लडप्रेशर गिर रहा है····

आई० सी० यू० में डॉक्टरों और नर्सों की आमदरफ्त में लग रहा था कि कोई कठिन परिस्थिति सामने है। कुछ देर बाद पता चला कि नीडिल कुछ ढीली हो गई थी····उसे ठीक कर दिया गया है और ब्लडप्रेशर ठीक से रिकार्ड हो रहा है····सबने राहत की साँस ली। मौत से लड़ना कोई मामूली काम नहीं है। ईश्वर ने तो मौत पैदा की ही है, पर मौत तो मनुष्य भी पैदा करता है····एक तरफ जीवन के लिए लड़ता है और दूसरी तरफ मौत भी बाँटता है—यह द्वंद्व ही तो जीवन है····यह द्वंद्व और द्वैत ही जीवित रहने की शर्त है और अद्वैत या समानता तक पहुँचने का साधन और आदर्श भी। आध्यात्मिक अद्वैत जब भौतिकता की सतह पर आता है और मनुष्य के प्रश्न सुलझाता है तभी तो वह समवेत समानता का दर्शन कहलाता है····

सिगरेट से मुँह कड़वा हो गया था। लू वैसे ही थपेड़े मार रही थी। सीमेंट के पलस्तर का दहकता-चिलचिलाता तालाब सामने फैला था—कोई एक आदमी जलते नंगे पैरों से उसे पार कर रहा था।

मैंने पलटते हुए लिफ्ट की तरफ देखा। डॉक्टर मेरा आशय समझ गए थे, लेकिन तभी राजनीतिज्ञ-से उनके कोई दोस्त आ गए थे। शुरू की पूछताछ के बाद वे लगभग भाषण-सा देने लगे—

—अब तो अग्नि मिसाइल के बाद भारत दुनिया का सबसे शक्तिशाली तीसरा देश हो गया है और आने वाले दस वर्षों में हमें अब कोई भी शक्ति महाशक्ति बनने से नहीं रोक सकती। इंग्लैंड और फ्रांस की पूरी जनसंख्या से ज़्यादा बड़ा है आज भारत का मध्यवर्ग····अपनी संपन्नता में····भारतीय मध्यवर्ग जैसी शक्ति और संपन्नता उन देशों के मध्यवर्ग के पास भी नहीं है····

तभी एक चिंताग्रस्त नर्स तेज़ी से गुज़र गई और सन्नाटा छा गया। चिंता के भारी क्षण जब कुछ हलके हुए तो मैंने फिर लिफ्ट की तरफ देखा····डॉक्टर साहब समझ

गए—

"आपको ढाई-तीन घंटे हो गए····क्या-क्या काम छोड़के आए होंगे····" और वे लिफ्ट की ओर बढ़े। लिफ्ट आया, पर वह ऊपर जा रहा था। डॉक्टर साहब को मेरी खातिर रुकना न पड़े, इसलिए मैं लिफ्ट में घुस गया।

लिफ्ट आठ पर पहुँचा। वहाँ ज़्यादा लोग नहीं थे। पर एक स्ट्रैचर था और दो-तीन लोग। स्ट्रैचर भीतर आया। उसी के साथ लोग भी। स्ट्रैचर पर चादर में लिपटा वही बच्चा पड़ा हुआ था। वह बेहोश था। वह ऑपरेशन के बाद लौट रहा था। उसके गालों और गरदन के रेशमी रोएँ पसीने से भीगे हुए थे। माथे पर बाल भी पसीने के कारण चिपके हुए थे।

उसका बाप एक हाथ में ग्लूकोज़ की बोतल पकड़े हुए था····ग्लूकोज़ की नली की सुई उसकी थकी और दूधभरी बाँह की धमनी में लगी हुई थी····उसका बाप लगातार उसे देख रहा था····वह शायद पसीने से माथे पर चिपके उसके बालों को हटाना चाहता था, इसलिए उसने दूसरा हाथ ऊपर किया, पर उस हाथ में बच्चे की चप्पलें उसकी उँगलियों में उलझी हुई थीं····वह छोटी-छोटी नीली हवाई चप्पलें····

मैंने बच्चे को देखा····फिर उसके निरीह बाप को।

मेरे मुँह से अनायास निकल ही गया—

"इसका····"

"इसकी टाँग काटी गई है।" वार्ड बॉय ने बाप की मुश्किल हल कर दी।

"ओह!····कुछ हो गया था?" मैंने जैसे उसके बाप से ही पूछा। वह मुझे देखकर चुप रह गया····उसके ओंठ कुछ बुदबुदाकर थम गए····लेकिन वह भी चुप नहीं रह सका। एक पल बाद ही बोला—

"जाँघ की हड्डी टूट गई थी····"

चोट लगी थी?

"नहीं····सड़क पार कर रहा था····एक गाड़ी ने मार दिया।" वह बोला। और उसने मेरी तरफ ऐसे देखा जैसे टक्कर मारने वाली गाड़ी मेरी ही थी।

फिर वह वीतराग होकर अपने बेटे को देखने लगा।

पाँचवीं मंज़िल पर लिफ्ट रुकी। बच्चों का वार्ड इसी मंज़िल पर था। लिफ्ट में आने वाले कई लोग थे। वे सब स्ट्रैचर निकाले जाने के इंतज़ार में बेसब्री से रुके हुए थे।····वार्ड बॉय ने झटका देकर स्ट्रैचर निकाला तो बच्चा बोरे की तरह हिल उठा, अनायास ही मेरे मुँह से निकल गया—

"धीरे से····"

"ये तो बेहोश है····इसे क्या पता?····" स्ट्रैचर को बाहर पुश करते हुए वार्ड बॉय ने कहा।

उस बच्चे का बाप खुले दरवाज़े से टकराता हुआ बाहर निकला तो एक नर्स ने

उसके हाथ की ग्लूकोज़ की बोतल पकड़ ली।

लिफ्ट के बाहर पहुँचते ही उसके बाप ने उसकी दोनों नीली हवाई चप्पलें वहीं कोने में फेंक दीं···फिर कुछ सोचकर कि शायद उसका बेटा होश में आते ही चप्पलें माँगेगा, उसने पहले एक चप्पल उठाई···फिर दूसरी भी उठा ली और स्ट्रैचर के पीछे-पीछे वार्ड की तरफ जाने लगा।

मुझे नहीं मालूम कि उसका बेटा जब होश में आएगा तो क्या माँगेगा—चप्पल माँगेगा या चप्पलों को देखकर अपना पैर माँगेगा···

बेसब्री से इंतज़ार करते लोग लिफ्ट में आ गए थे। लिफ्टमैन ने बटन दबाया। दरवाज़ा बंद हुआ। और वह लोहे का बंद कमरा नीचे उतरने लगा।

गर्मियों के दिन

चुंगी-दफ्तर खूब रँगा-चुंगा है। उसके फाटक पर इंद्रधनुषी आकार के बोर्ड लगे हुए हैं। सैयदअली पेंटर ने बड़े सधे हाथ से उन बोर्डों को बनाया है। देखते-देखते शहर में बहुत-सी ऐसी दुकानें हो गई हैं, जिन पर साइनबोर्ड लटक गए हैं। साइनबोर्ड लगना यानी औकात का बढ़ना। बहुत दिन पहले जब दीनानाथ हलवाई की दूकान पर पहला साइनबोर्ड लगा था तो वहाँ दूध पीने वालों की संख्या एकाएक बढ़ गई थी। फिर बाढ़ आ गई, और नए-नए तरीके और बेलबूटे ईजाद किए गए। 'ॐ' या 'जयहिंद' से शुरू करके 'एक बार अवश्य परीक्षा कीजिए' या 'मिलावट साबित करनेवाले को सौ रुपया नगद इनाम' की मनुहारों या ललकारों पर लिखावट समाप्त होने लगी।

चुंगी-दफ्तर का नाम तीन भाषाओं में लिखा है। चेयरमैन साहब बड़े अक्किल के आदमी हैं, उनकी सूझ-बूझ का डंका बजता है, इसलिए हर साइनबोर्ड हिंदी, उर्दू और अंग्रेज़ी में लिखा जाता है। दूर-दूर के नेता लोग भाषण देने आते हैं, देश-विदेश के लोग आगरे का ताजमहल देखकर पूरब की ओर जाते हुए यहाँ से गुज़रते हैं···उन पर असर पड़ता है, भाई। और फिर मौसम की बात—मेले-तमाशे के दिनों में हलवाइयों, जुलाई-अगस्त में किताब-कागज़ वालों, सहालग में कपड़े वालों और खराब मौसम में वैद्य-हकीमों के साइनबोर्डों पर नया रोगन चढ़ता है। शुद्ध देसी घी वाले सबसे अच्छे, जो छप्परों के भीतर दीवार पर गेरू या हिरमिजी से लिखकर काम चला लेते हैं। इसके बगैर काम नहीं चलता। अहमियत बताते हुए वैद्यजी ने कहा, "बगैर पोस्टर चिपकाए सिनेमा वालों का भी काम नहीं चलता। बड़े-बड़े शहरों में जाइए, मिट्टी का तेल बेचने वाले की दुकान पर साइनबोट मिल जाएगा। बड़ी ज़रूरी चीज़ है। बाल-बच्चों के नाम तक साइनबोट हैं, नहीं तो नाम रखने की ज़रूरत क्या है? साइनबोट लगाके सुखदेव बाबू कंपौंडर से डॉक्टर हो गए, बेग लेके चलने लगे।"

पास बैठे रामचरन ने एक और नए चमत्कार की खबर दी, "कल उन्होंने बुधईवाला इक्का-घोड़ा खरीद लिया···"

"हाँकेगा कौन?" टीन की कुर्सी पर प्राणायाम की मुद्रा में बैठे पंडित ने पूछा।

"ये सब जेब कतरने का तरीका है," वैद्यजी का ध्यान इक्के की तरफ अधिक था, "मरीज़ से किराया वसूल करेंगे। सईस को बख्शीश दिलाएँगे, बड़े शहरों के डॉक्टरों की तरह। इसी से पेशे की बदनामी होती है। पूछो, मरीज़ का इलाज करना है कि रोब-दाब दिखाना है। अंग्रेज़ी आले लगाकर मरीज़ की आधी जान पहले सुखा डालते हैं। आयुर्वेदी नब्ज़ देखना तो दूर, चेहरा देख के रोग बता दे! इक्का-घोड़ा इसमें क्या

करेगा ? थोड़े दिन बाद देखना, उनका सईस कंपौंडर हो जाएगा····" कहते-कहते वैद्यजी बड़ी घिसी हुई हँसी में हँस पड़े। फिर बोले, "कौन क्या कहे भाई ? डॉक्टरी तो तमाशा बन गई है। वकील मुख्तार के लड़के डॉक्टर होने लगे! खून और संस्कार से बात बनती है····हाथ में जस आता है, वैद्य का बेटा वैद्य होता है। आधी विद्या लड़कपन में जड़ी-बूटियाँ कूटते-पीसते आ जाती है। तोला, माशा, रत्ती का ऐसा अंदाज़ हो जाता है कि औषधि अशुद्ध हो ही नहीं सकती। औषधि का चमत्कार उसके बनाने की विधि में है····धन्वंतरि ····" वैद्यजी आगे कहने जा ही रहे थे कि एक आदमी को दुकान की ओर आते देख चुप हो गए, और बैठे हुए लोगों की ओर कुछ इस तरह देखने-गुनने लगे कि यह गप्प लड़ाने वाले फालतू आदमी न होकर उनके रोगी हों।

आदमी के दुकान पर चढ़ते ही वैद्यजी ने भाँप लिया। कुंठित होकर उन्होंने उसे देखा और उदासीन हो गए। लेकिन दुनिया-दिखावा भी कुछ होता है! हो सकता है, कल यही आदमी बीमार पड़ जाए या इसके घर में किसी को रोग घेर ले! इसलिए अपना व्यवहार और पेशे की गरिमा चौकस रहना चाहिए। अपने को बटोरते हुए उन्होंने कहा, "कहो भाई, राजी-खुशी।" उस आदमी ने जवाब देते हुए सीरे की एक कनस्टरिया सामने कर दी, "यह ठाकुर साहब ने रखवाई है। मंडी से लौटते हुए लेते जाएँगे। एक-डेढ़ बजे के करीब।"

"उस वक्त दुकान बंद रहेगी," वैद्यजी ने व्यर्थ के काम से ऊबते हुए कहा, "हकीम-वैद्यों की दुकानें दिन-भर नहीं खुली रहतीं। व्यापारी थोड़े ही हैं, भाई!" पर फिर किसी अन्य दिन और अवसर की आशा ने जैसे ज़बरदस्ती कहलवाया, "खैर, उन्हें दिक्कत नहीं होगी, हम नहीं होंगे तो बगल वाली दुकान से उठा लें। मैं रखता जाऊँगा।"

आदमी के जाते ही वैद्यजी बोले, "शराब-बंदी से क्या होता है? जब से हुई तब से कच्ची शराब की भट्ठियाँ घर-घर चालू हो गईं। सीरा घी के भाव बिकने लगा। और इन डॉक्टरों को क्या कहिए····इनकी दुकानें हौली बन गई हैं। लैसंस मिलता है दवा की तरह इस्तेमाल करने का, पर खुले आम जिंजर बिकता है। कहीं कुछ नहीं होता! हम भंग-अफीम की एक पुड़िया चाहें तो तफसील देनी पड़ती है।"

"ज़िम्मेदारी की बात है," पंडित जी ने कहा।

"अब ज़िम्मेदार वैद्य ही रह गए हैं। सबकी रजिस्टरी हो चुकी, भाई। ऐसे गैर-पंचकल्यानी जितने घुस आए थे, उनकी सफाई हो गई। अब जिसके पास रजिस्टरी होगी वही वैद्यक कर सकता है। चूरन वाले वैद्य बन बैठे थे····सब खतम हो गए। लखनऊ में सरकारी जाँच-पड़ताल के बाद सही मिली है····"

वैद्यजी की बात में रस न लेते हुए पंडित उठ गए। वैद्यजी ने भीतर की तरफ कदम बढ़ाए, और औषधालय का बोर्ड लिखते हुए चंदर से बोले, "सफेदा गाढ़ा है बाबू, तारपीन मिला लो।" वे एक बोतल उठा लाए जिस पर अशोकारिष्ट का लेबल लगा था।

इसी तरह न जाने किन-किन औषधियों की शरीर रूपी बोतलों में किस-किस

पदार्थ की आत्मा भरी है। सामने की अकेली अलमारी में बड़ी-बड़ी बोतलें रखी हैं; जिन पर तरह-तरह के अरिष्टों और आसवों के नाम चिपके हैं। सिर्फ पहली कतार में ये शीशियाँ खड़ी हैं···उनके पीछे ज़रूरत का और सामान है। सामने की मेज़ पर सफेद शीशियों की एक पंक्ति है, जिसमें कुछ स्वादिष्ट चूरन···लवण-भास्कर आदि है, बाकी में जो कुछ भरा है उसे केवल वैद्यजी जानते हैं।

तारपीन का तेल मिलाकर चंदर आगे लिखने लगा—'प्रो० कविराज नित्यानंद तिवारी' ऊपर की पंक्ति 'श्री धन्वंतरि औषधालय' स्वयं वैद्यजी लिख चुके थे। सफेदे के वे अच्छर ऐसे लग रहे थे जैसे रुई के फाहे चिपका दिए हों। ऊपर जगह खाली देखकर वैद्यजी बोले, "बाबू, ऊपर जयहिंद लिख देना···और यह जो जगह बच रही है, इसमें एक ओर द्राक्षासव की बोतल, दूसरी ओर खरल की तसवीर···आर्ट हमारे पास मिडिल तक था लेकिन यह तो हाथ सधने की बात है।"

चंदर कुछ ऊँघ रहा था। खामखा पकड़ गया। लिखावट अच्छी होने का यह पुरस्कार उसकी समझ नहीं आ रहा था। बोला, "किसी पेंटर से बनवाते···अच्छा-खासा लिख देता, वो बात नहीं आएगी···अपना पसीना पोंछते हुए उसने कूची नीचे रख दी।

"पाँच रुपए माँगता था बाबू···दो लाइनों के पाँच रुपए! अब अपनी मेहनत के साथ यह साइनबोर्ड दस-बारह आने का पड़ा। ये रंग एक मरीज़ दे गया। बिजली कंपनी का पेंटर बदहज़मी से परेशान था। दो खुराकें बनाकर दे दीं, पैसे नहीं लिए। सो वह दो-तीन रंग और थोड़ी-सी बार्निश दे गया। दो बक्से रँग गए···यह बोट बन गया और एकाध कुर्सी रँग जाएगी···तुम बस इतना लिख दो, लाल रंग का शेड हम देते रहेंगे···हाशिया तिरंगा खिलेगा?" वैद्यजी ने पूछा और स्वयं स्वीकृति भी दे दी।

चंदर गर्मी से परेशान था। जैसे-जैसे दोपहरी नज़दीक आती जा रही थी, सड़क पर धूल और लू का ज़ोर बढ़ता जा रहा था, मुलाहिज़े में चंदर मना नहीं कर पाया। पंखे से अपनी पीठ खुजलाते हुए वैद्यजी ने उजरत के काम वाले, पटवारियों के बड़े-बड़े रजिस्टर निकालकर फैलाना शुरू किए।

सूरज की तपिश से बचने के लिए दुकान का एक किवाड़ा भेड़कर वैद्यजी खाली रजिस्टरों पर खसरा-खतौनियों से नकल करने लगे। चंदर ने अपना पिंड छुड़ाने के लिए पूछा, "ये सब क्या है वैद्यजी?"

वैद्यजी का चेहरा उतर गया, बोले, "खाली बैठने से अच्छा है कुछ काम किया जाए, नए लेखपालों को काम-धाम आता नहीं, रोज़ कानूनगो या नायब साहब से झाड़ें पड़ती हैं···झक मारके उन लोगों को यह काम उजरत पर कराना पड़ता है। अब पुराने घाघ पटवारी कहाँ रहे, जिनके पेट में गँवई कानून बसता था। रोटियाँ छिन गईं बेचारों की; लेकिन सही पूछो तो अब भी सारा काम पुराने पटवारी ही ढो रहे हैं। नए लेखपालों की तनख्वाह का सारा रुपया इसी उजरत में निकल जाता है। पेट उनका भी है···तिया-पाँचा करके किसानों से निकाल लाते हैं। लाएँ न तो खाएँ क्या! दो-तीन

लेखपाल अपने हैं, उन्हीं से कभी-कभार हलका-भारी काम मिल जाता है। नकल का काम, रजिस्टर भरते हैं।"

बाहर सड़क वीरान होती जा रही थी। दफ्तर के बाबू लोग जा चुके थे। सामने चुंगी में खस की टट्टियों पर छिड़काव शुरू हो गया। दूर हरहराते पीपल का शोर लू के साथ आ रहा था। तभी एक आदमी ने किवाड़ से भीतर झाँका। वैद्यजी की बात, जो शायद क्षण-दो क्षण बाद दर्द से बोझिल हो जाती, रुक गई। उनकी निगाह ने आदमी को पहचाना और वे सतर्क हो गए। फौरन बोले, "एक बोट आगरा से बनवाया है, जब तक नहीं आता, इसी से काम चलेगा; फुर्सत कहाँ मिलती है जो इस सब में सिर खपाएँ···" और एकदम व्यस्त होते हुए उन्होंने उस आदमी से प्रश्न किया, "कहो भाई, क्या बात है ?"

"डाकदरी सरटीफिटेक चाहिए···कोसमा टेशन पर खलासी हैंगे साब।" रेलवे की नीली वर्दी पहने वह खलासी बोला।

उसकी ज़रूरत का पूरा अंदाज़ करते हुए वैद्यजी बोले, "हाँ, किस तारीख से कब तक का चाहिए।"

"पंद्रह दिन पहले आए थे साब, सात दिन को और चाहिए।"

कुछ हिसाब जोड़कर वैद्यजी बोले, "देखो भाई, सर्टीफिकेट पक्का करके देंगे, सरकार का रजिस्टर नंबर देंगे, रुपैया चार लगेंगे।" वैद्यजी ने जैसे खुद चार रुपए पर उसके भड़क जाने का अहसास करते हुए कहा, "अगर पिछला न लो तो दो रुपए में काम चल जाएगा···"

खलासी निराश हो गया। लेकिन उसकी निराशा से अधिक गहन हताशा वैद्यजी के पसीने से नम मुख पर व्याप गई। बड़े निरपेक्ष भाव से खलासी बोला, "सोबरन सिंह ने आपके पास भेजा था।" उसके कहने से कुछ ऐसा लगा जैसे यह उसका काम न होकर सोबरन सिंह का काम हो। पर वैद्यजी के हाथ नब्ज़ आ गई, बोले, "वो हम पहले ही समझ रहे थे। बगैर जान-पहचान के हम देते भी नहीं, इज़्ज़त का सवाल है। हमें क्या मालूम तुम कहाँ रहे, क्या करते रहे ? अब सोचने की बात है···विश्वास पर जोखिम उठा लेंगे···पंद्रह दिन पहले से तुम्हारा नाम रजिस्टर में चढ़ाएँगे, रोग लिखेंगे···हर तारीख पर नाम चढ़ाएँगे तब कहीं काम बनेगा ! ऐसे घर की खेती नहीं है···" कहते-कहते उन्होंने चंदर की ओर मदद के लिए ताका। चंदर ने साथ दिया, "अब इन्हें क्या पता कि तुम बीमार रहे कि डाका डालते रहे···सरकारी मामला है···"

"पाँच से कम में दुनिया-छोर का डॉक्टर नहीं दे सकता···" कहते-कहते वैद्यजी ने सामने रखा लेखपाल वाला रजिस्टर खिसकाते हुए जोश से कहा, "अरे, दम मारने को फुर्सत नहीं है। ये देखो, देखते हो नाम··· ! मरीज़ों को छोड़कर सरकार को दिखाने के लिए यह तफसीलवार रजिस्टर बनाने पड़ते है। एक-एक रोगी का नाम, मर्ज़, आमदनी···इन्हीं में तुम्हारा नाम चढ़ाना पड़ेगा ! अब बताओ कि मरीज़ों को देखना ज़्यादा ज़रूरी है कि दो-चार रुपए के लिए सर्टीफिकेट देकर इस सरकारी पचड़े में

फँसना।" कहते हुए उन्होंने तहसील वाला रजिस्टर एकदम बंद करके सामने से हटा दिया और केवल उपकार कर सकने के लिए तैयार होने जैसी मुद्रा बनाकर कलम से कान करोदने लगे।

रेलवे का खलासी एक मिनट तक बैठा कुछ सोचता रहा। और वैद्यजी को सिर झुकाए अपने काम में मशगूल देख दुकान से नीचे उतर गया। एकदम वैद्यजी ने अपनी गलती महसूस की, लगा उन्होंने बात गलत जगह तोड़ दी और ऐसी तोड़ी कि टूट ही गई। एकाएक कुछ समझ में न आया, तो उसे पुकारकर बोले, "अरे सुनो, ठाकुर सोबरन सिंह से हमारी जैरामजी की कह देना···उनके बाल-बच्चे तो राजी-खुशी हैं?"

"हाँ सब ठीक-ठाक हैं।" रुककर खलासी ने कहा।

उसे सुनाते हुए वैद्यजी चंदर से बोले, "दस गाँव-शहर छोड़ के ठाकुर सोबरन सिंह इलाज के लिए यहीं आते हैं। भई, उनके लिए हम भी हमेशा हाज़िर रहे····" चंदर ने बोर्ड पर आखिरी अक्षर समाप्त करते हुए पूछा, "चला गया?"

"लौट-फिरके आएगा····" वैद्यजी ने जैसे अपने को समझाया, पर उसके वापस आने की अनिवार्यता पर विश्वास करते हुए बोले, "गँवई गाँव के वैद्य और वकील एक ही होते हैं। सोबरन सिंह ने अगर हमारा नाम उसे बताया है तो ज़रूर वापस आएगा···गाँव वालों की मुर्री ज़रा मुश्किल से खुलती है। कहीं बैठके सोचे-समझेगा, तब आएगा····"

"और कहीं से ले लिया, तो?" चंदर ने कहा तो वैद्यजी ने बात काट दी, "नहीं, नहीं बाबू।" कहते हुए उन्होंने बोर्ड की ओर देखा और प्रशंसा से भरकर बोले, "वाह भाई चंदर बाबू! साइनबोट जँच गया···काम चलेगा। ये पाँच रुपए पेंटर को देकर मरीजों से वसूल करना पड़ता। इक्का-घोड़ा और ये खर्चा! बात एक है। चाहे नाक सामने से पकड़ लो, चाहे घुमाकर। सैयदअली के हाथ का लिखा बोट रोगियों को चंगा तो कर नहीं देता। अपनी-अपनी समझ की बात है।" कहते हुए वे धीरे से हँस पड़े। पता नहीं, वे अपनी बात समझकर अपने पर हँसे थे या दूसरों पर।

तभी एक आदमी ने प्रवेश किया। सहसा लगा कि खलासी आ गया। पर वह पांडु रोगी था। देखते ही वैद्यजी के मुख पर संतोष चमक आया। वे भीतर गए। एक तावीज़ लाते हुए बोले, "अब इसका असर देखो। बीस-पच्चीस रोज़ में इसका चमत्कार दिखाई पड़ेगा।" पांडु-रोगी की बाँह में तावीज़ बाँधकर और उसके कुछ आने पैसे जेब में डालकर वे गंभीर होकर बैठ गए। रोगी चला गया तो बोले, "यह विद्या भी हमारे पिताजी के पास थी। उनकी लिखी पुस्तकें पड़ी हैं····बहुत सोचता हूँ, उन्हें फिर से नकल कर लूँ····बड़े अनुभव की बातें हैं। विश्वास की बात है, बाबू! एक चुटकी धूल से आदमी चंगा हो सकता है। होमोपैथिक और भला क्या है? एक चुटकी शक्कर। जिस पर विश्वास जम जाए, बस।"

चंदर ने चलते हुए कहा, "अब तो औषधालय बंद करने का समय हो गया, खाना

खाने नहीं जाइएगा ?"

"तुम चलो, हम दस-पाँच मिनट बाद आएँगे।" वैद्यजी ने तहसील वाला काम अपने आगे सरका लिया। दुकान का दरवाज़ा भटखुला करके बैठ गए। बाहर धूप की ओर देखकर दृष्टि चौंधिया जाती थी।

बगल वाले दुकानदार बच्चनलाल ने दुकान बंद करके, घर जाते हुए वैद्यजी की दुकान खुली देखकर पूछा, "आप खाना खाने नहीं गए...."

"हाँ, ऐसे ही एक ज़रूरी काम है। अभी थोड़ी देर में चले जाएँगे।" वैद्यजी ने कहा और ज़मीन पर चटाई बिछाई; कागज़, रजिस्टर मेज़ से उठाकर नीचे फैला लिए। लेकिन गर्मी तो गर्मी....पसीना थमता ही न था। रह-रहकर पंखा झलते, फिर नकल करने लगते। कुछ देर मन मारकर काम किया पर हिम्मत छूट गई। उठकर पुरानी धूल पड़ी शीशियाँ झाड़ने लगे। उन्हें लाइन से लगाया। लेकिन गर्मी की दोपहर....समय स्थिर लगता था। एक बार उन्होंने किवाड़ों के बीच से मुँह निकालकर सड़क की ओर निहारा। एकाध लोग नज़र आए। उन आते-जाते लोगों की उपस्थिति से बड़ा सहारा मिल गया। भीतर आए, बोर्ड का तार सीधा किया और दुकान के सामने लटका दिया। धन्वंतरि औषधालय का बोर्ड दुकान की गरदन में तावीज़ की तरह लटक गया।

कुछ समय और बीता। आखिर उन्होंने हिम्मत की। एक लोटा पानी पिया और जाँघों तक धोती सरका कर मुस्तैदी से काम में जुट गए। बाहर कुछ आहट हुई। चिंता से उन्होंने देखा।

"आज आराम करने नहीं गए वैद्यजी।" घर जाते हुए जान-पहचान के दुकानदार ने पूछा।

"बस जाने की सोच रहा हूँ....कुछ काम पसर गया था, सोचा, करता चलूँ...." कहकर वैद्यजी दीवार से पीठ टिका कर बैठ गए। कुरता उतारकर एक ओर रख दिया। इकहरी छत की दुकान आँवे-सी तप रही थी। वैद्यजी की आँखें बुरी तरह नींद से बोझिल हो रही थीं। एक झपकी आ गई....कुछ समय ज़रूर बीत गया था। नहीं रहा गया तो रजिस्टरों का तकिया बनाकर उन्होंने पीठ सीधी की। पर नींद....आती और चली जाती, न जाने क्या हो गया था।

सहसा एक आहट ने उन्हें चौंका दिया। आँखें खोलते हुए वे उठकर बैठ गए। बच्चनलाल दोपहर बिताकर वापस आ गया था।

"अरे, आज आप अभी तक गए ही नहीं...." उसने कहा।

वैद्यजी ज़ोर-ज़ोर से पंखा झलने लगे। बच्चनलाल ने दुकान से उतरते हुए पूछा, "किसी का इंतज़ार है क्या ?"

"हाँ, एक मरीज़ आने को कह गया था....अभी तक आया नहीं" वैद्यजी ने बच्चनलाल को जाते देखा तो बात बीच में ही तोड़कर चुप हो गए और अपना पसीना पोंछने लगे।

खोई हुई दिशाएँ

सड़क के मोड़ पर लगी रेलिंग के सहारे चंदर खड़ा था। सामने, दाएँ-बाएँ आदमियों का सैलाब था। शाम हो रही थी और कनॉट प्लेस की बत्तियाँ जगमगाने लगी थीं। थकान से उसके पैर जवाब दे रहे थे। कहीं दूर आया-गया भी तो नहीं, फिर भी थकान सारे शरीर में भरी हुई थी। दिल और दिमाग इतना थका हुआ था कि लगता था, वही थकान धीरे-धीरे उतरकर तन में फैलती जा रही है।

पूरा दिन बरबाद हो गया। यही खड़ा सोच रहा था। घर लौटने को भी मन नहीं कर रहा था। आती-जाती एक-सी औरतों को देखकर मन और भी ऊबने लगता था।

भूख···पता नहीं लगी है या नहीं। वह दिमाग पर ज़ोर डालता है—सवेरे आठ बजे घर से निकला था। एक प्याली कॉफी के अलावा तो कुछ पेट में गया नहीं। ····और तब उसे एहसास हुआ कि थोड़ी-थोड़ी भूख लग रही है। दिमाग और पेट का साथ ऐसा हो गया है कि भूख भी सोचने से लगती है।

निगाह दूर आसमान पर अटक जाती है, जहाँ चीलें उड़ रही हैं और मोज़े की शकल में कटा हुआ आसमान दिखाई दे रहा है। उस गँदले आसमान के नीचे जामा मस्जिद का गुंबद और मीनार दिखाई पड़ रही है, उनकी नोकें बड़ी अजीब-सी लग रही हैं।

पीछे वाली दुकान के बाहर चोलियों का विज्ञापन है। रीगल बस स्टॉप के नीम के पेड़ों से धीरे-धीरे पत्तियाँ झड़ रही हैं। बसें जूं-जूं करती आती हैं—एक क्षण ठिठकती हैं—एक ओर से सवारियों को उगलती हैं और दूसरी ओर से निगलकर आगे बढ़ जाती हैं। चौराहे पर बत्तियाँ लगी हैं। बत्तियों की आँखें लाल-पीली हो रही हैं। आसपास से सैकड़ों लोग गुज़रते हैं, पर कोई उसे नहीं पहचानता। हर आदमी या औरत लापरवाही से दूसरों को नकारता या झूठे दर्प में डूबा हुआ गुज़र जाता है।

और तब उसे अपना वह शहर याद आता है जहाँ से तीन साल पहले वह चला आया था—गंगा के सुनसान किनारे पर भी अगर कोई अनजान मिल जाता तो उसकी नज़रों में पहचान की एक झलक तैर जाती थी।

और यह राजधानी ! जहाँ सब अपना है, अपने देश का है····पर कुछ भी अपना नहीं है, अपने देश का नहीं है।

तमाम सड़कें हैं जिन पर वह जा सकता है, लेकिन वे सड़कें कहीं नहीं पहुँचातीं। उन सड़कों के किनारे घर हैं, बस्तियाँ हैं—पर किसी भी घर में वह नहीं जा सकता। उन घरों के बाहर फाटक हैं, जिन पर कुत्तों से सावधान रहने की चेतावनी है, फूल तोड़ने की

मनाही है और घंटी बजाकर इंतज़ार करने की मजबूरी है।

....घर पर निर्मला इंतज़ार कर रही होगी। वहाँ पहुँचकर भी पहले मेहमान की तरह कुरसी पर बैठना होगा, क्योंकि बिस्तर पर कमरे का पूरा सामान सजा होगा और वह हीटर पर खाना पका रही होगी। उन्मुक्त होकर वह हवा के झोंके की तरह कमरे में घुस भी नहीं सकता और न उसे बाँहों में लेकर प्यार ही कर सकता है, क्योंकि गुप्ताजी अभी मिल से लौटे नहीं होंगे और मिसेज़ गुप्ता बेकारी में बैठी गप लड़ा रही होंगी या किसी स्वेटर की बुनाई सीख रही होंगी। अगर वह चला भी गया तो कमरे में बहुत अदब से घुसेगा, फिर मिसेज़ गुप्ता से इधर-उधर की दो-चार बातें करेगा। तब बीवी खाना खाने की बात कहेगी। और खाने की बात सुनकर मिसेज़ गुप्ता घर जाने के लिए उठेंगी....

और फिर उसके बाद बड़ी खिड़की का परदा खिसकाना पड़ेगा। किसी बहाने खुराना की तरफ़ वाली खिड़की को बंद करना पड़ेगा। घूमकर मेज़ के पास पहुँचना होगा और तब पानी का एक गिलास माँगने के बहाने वह पत्नी को बुलाएगा, और तब उसे बाँहों में लेकर प्यार से यह कह सकने का मौका आएगा—बहुत थक गया हूँ।

लेकिन ऐसा होगा नहीं। इतनी लंबी प्रक्रिया से गुज़रने के पहले ही उसका मन झुँझला उठेगा और यह कहने पर मजबूर हो जाएगा, "अरे भई, खाने में कितनी देर है," सारा प्यार और समूची पहचान न जाने कहाँ छिप चुकी होगी, अजीब-सा बेगानापन होगा। बेकारी वालों के यहाँ भर्रायी आवाज़ में रेडियो में गा रहा होगा और गुलाटी के थके कदमों की खोखली आवाज़ जीने पर सुनाई पड़ेगी।

गली में कोई स्कूटर आकर रुकेगा और उसमें से कोई बिन-पहचाना आदमी किसी और के घर में चला जाएगा। मोटरों की मरम्मत करने वाले गैरेज का मालिक सरदार चाबियाँ लेकर घर जाने के इंतज़ार में आधी रात तक बैठा रहेगा क्योंकि उसे पंद्रह साल पुराने मैकेनिक पर भी शायद विश्वास नहीं है।

और सामने रहने वाले बिशन कपूर के आने की आहट-भर मिलेगी। पिछले दो साल से उसने सिर्फ उसके नाम की प्लेट देखी है—बिशन कपूर, जर्नलिस्ट....और उसकी शकल के बारे में वह सिर्फ यह जानता है कि सामने वाली खिड़की से जब बिजली की रोशनी छनने लगती है और सिगरेट का धुआँ सलाखों से लिपट-लिपटकर बाहर के अँधेरे में डूब जाता है तो बिशन कपूर नाम का एक आदमी भीतर होता है और सुबह जब उसकी खिड़की के नीचे अंडे का छिलका, डबलरोटी का रैपर और जली हुई सिगरेटें, तीलियाँ और राख बिखरी हुई होती हैं तो बिशन कपूर नाम का आदमी जा चुका होता है।

सोचते-सोंचते उसे लगा कि मोज़े की बदबू और भी तेज़ होती जा रही है और अब रेलिंग के पास खड़ा रहना मुश्किल है। जेब से डायरी निकालकर उसने अगले दिन

की मुलाकातों के बारे में जान लेना चाहा।

....अँगरेज़ी दैनिक में पहले फोन करना है फिर समय तय करके मिलना है। रेडियो में एक चक्कर लगाना है। पिछला चेक रिज़र्व बैंक से कैश कराना है और घर एक मनीऑर्डर भेजना है। कल का पूरा वक्त भी इसी में निकल जाएगा, क्योंकि अखबार का संपादक परिचित नहीं है जो फौरन बुला ले और खुलकर बात कर ले और कोई बात तय हो जाए। रेडियो में भी कोई बात दस मिनट में तय नहीं हो सकती और रिज़र्व बैंक के काउंटर पर इलाहाबाद वाला अमरनाथ नहीं है जो फौरन चेक लेकर रुपया ला दे। डाकखाने पर व्यापारियों के चपरासियों की भीड़ होगी जो दस-दस मनीऑर्डर के फार्म लिए लाइन में खड़े होंगे और एक कागज़ पर पूरी रकम और मनीऑर्डर कमीशन का मीजान लगाने में मशगूल होंगे। उनमें से कोई भी उसे नहीं पहचानता होगा।

एक क्षण की जान-पहचान का सिलसिला सिर्फ पेन होगा, जो कोई-न-कोई हरूफ लिखने के लिए माँगेगा और लिख चुकने के बाद अपना खत पढ़ते हुए वह बाएँ हाथ से उसे कलम लौटाकर शायद धीरे से थैंक्यू कहेगा और टिकट वाले काउंटर की ओर बढ़ जाएगा।

और तब उसे झुँझलाहट-सी हुई। डायरी हाथ में थी और उसकी निगाहें फिर दूर की ऊँची इमारत पर अटक गई थीं, जिस पर बिजली के मुकुट जगमगा रहे थे। और उन नामों में से वह किसी को नहीं जानता था। इलाहाबाद में सबसे बड़े कपड़े वाले के बारे में इतना तो मालूम था कि पहले वह बहुत गरीब था और कंधे पर कपड़ा रखकर फेरी लगाता था और अब उसका लड़का विदेश पढ़ने गया हुआ है और वह खुद बहुत धार्मिक आदमी है जो अब माथे पर छापा-तिलक लगाकर मनमाना मुनाफा वसूल करता है और कॉर्पोरेशन का चुनाव लड़ने की तैयारियाँ कर रहा है। यहाँ कुछ पता नहीं चलता, किसी के बारे में कुछ भी मालूम नहीं पड़ता।

कनॉट प्लेस में खुले हुए लॉन हैं। तनहा पेड़ हैं और उन दूर-दूर खड़े तनहा पेड़ों के नीचे नगर निगम की बेंचें हैं, जिन पर थके हुए लोग बैठे हैं और लॉन में एकाध बच्चे दौड़ रहे हैं। बच्चों की शक्लें और शरारतें तो बहुत पहचानी-सी लगती हैं, पर गोलगप्पे खाती हुई उनकी मम्मी अजनबी है, क्योंकि उसकी आँखों में मासूमियत और गरिमा से भरा प्यार नहीं है। उसके शरीर में मातृत्व का सौंदर्य और दर्प भी नहीं है, उसमें सिर्फ एक खुमार है और एक बहुत बेमानी और पिटी हुई ललकार है, जिसे न तो नकारा जा सकता है और न स्वीकार किया जा सकता है—वह ललकार सब कानों में गूँजती है और सब बहरों की तरह गुज़र जाते हैं।

लॉन पर कुछ क्षण बैठने को मन हुआ पर उसे लगा कि वहाँ भी कोई ठिकाना नहीं अभी कल ही तो चोर की तरह दबे पाँव घास में बहता हुआ पानी आया था और उसके कपड़े भीग गए थे।

तनहा खड़े पेड़ों और उनके नीचे सिमटते अँधेरे में अजीब-सा खालीपन है।

तनहाई ही सही पर उसमें अपनापन तो हो। वह तनहाई भी किसी की नहीं है क्योंकि हर दस मिनट बाद पुलिस का आदमी उधर से घूमता हुआ निकल जाता है। झाड़ियों की सूखी टहनियों में आइसक्रीम के खाली कागज़ और चने की खाली पुड़ियाँ उलझी हुई हैं या कोई बेघर-बार आदमी शराब की खाली बोतल फेंककर चला गया है।

डायरी पर फिर उसकी नज़र जम जाती है, और शोर-शराबे से भरे उस सैलाब में वह बहुत अकेला-सा महसूस करता है और लगता है कि इन तीन सालों में ऐसा कुछ भी नहीं हुआ जो उसका अपना हो, जिसकी कचोट अभी तक हो, खुशी या दर्द अब भी मौजूद हो, रेगिस्तान की तरह फैली हुई तनहाई है, अनजान सागर-तटों की खामोशी और सूनापन और पछाड़ खाती हुई लहरों का शोर-भर है जिससे वह खामोशी और भी गहरी होती है।

मोज़े की शक्ल में कटा हुआ आसमान है और जामा मस्जिद के गुंबद के ऊपर से चक्कर काटती हुई चीलें हैं। औरतों का पीछा करते हुए फूल बेचने वाले और यतीम बच्चों के हाथ में शाम की खबरों के अखबार हैं।

....और तभी चंदर को लगा कि एक अरसा हो गया, एक ज़माना गुज़र गया, वह खुद अपने से नहीं मिल पाया। अपने से बातें करने का वक्त ही नहीं मिला। यह भी नहीं पूछा कि आखिर तेरा हाल-चाल क्या है और तुझे क्या चाहिए! हलकी-सी मुस्कराहट उसके होंठों पर आई और उसने हर शुक्रवार के आगे नोट किया—खुद से मिलना है। शाम सात बजे से नौ बजे तक।....और आज भी तो शुक्रवार ही है। यह मुलाकात आज होनी चाहिए। घड़ी पर नज़र जाती है, सात बजे हैं। पर मन का चोर हावी हो जाता है। क्यों न पहले टी-हाउस में एक प्याला चाय पी ली जाए? न जाने क्यों मन अपने से मिलने से घबराता है। रह-रहकर कतराता है।

तभी उस पार से आता हुआ आनंद दिखाई देता है। वह उससे भी नहीं मिलना चाहता। बड़ा बुरा मर्ज़ है आनंद को। वह उस छूत से बचा रहना चाहता है। आनंद दुनिया में दोस्त खोजता है, ऐसे दोस्त जो ज़िंदगी में गहरे न उतरें पर उसके साथ कुछ देर रह सकें और बात कर सकें। उसकी बातों में अजीब-सा बनावटीपन है, वह बनावटीपन जो आदमी किताबों से सीखता है। और उसे लगता है कि वही बनावटीपन खुद उसमें भी कहीं-न-कहीं है....जब कॉलेज और यूनिवर्सिटी के दर्जों में बैठ-बैठकर वह किताबों से ज़िंदगियों के मरे हुए ब्योरे पढ़ रहा था।

और अब आज उसे लगता है कि वह सारा वक्त बड़ी बेरहमी से बरबाद किया गया है। उसने उन खँडहरों में समय बरबाद किया है जिनकी कथाएँ अधपढ़े गाइडों की ज़बान पर रहती हैं, जो हर बार उन मरी हुई कहानियों को हर दर्शक के सामने दोहराते जाते हैं—यह दीवाने खास है, जरा नक्काशी देखिए—यहाँ हीरे-जवाहरातों से जड़ा सिंहासन था, यह ज़नाना हमाम है और यह वह जगह है जहाँ से बादशाह अपनी रिआया को दर्शन देते थे, यह महल सर्दियों का है, यह बरसात का और यह हवादार महल

गर्मियों का और इधर आइए सँभल के, यह वह जगह है जहाँ फाँसी दी जाती थी।

चंदर को लगा, ज़िंदगी के पचीस साल वह उन गाइडों के साथ खँडहरों में बिताकर आया है जिनकी जीवंत कथाओं को वह कभी नहीं जान पाया, सिर्फ दीवाने-खास उसे दिखाया गया, नक्काशी दिखाई गई और ज़नाने हमाम में घुमाकर गाइड ने उसे फाँसी वाले अँधेरे और बदबूदार कमरे में छोड़ दिया, जहाँ चमगादड़ लटके हुए बिलबिला रहे हैं और एक बहुत पुरानी ऐतिहासिक रस्सी लटक रही है जिसका फंदा गरदन में कस जाता है और आदमी झूल जाता है। और उसके बाद अंधे कुएँ में फेंकी गई सिर्फ वे लाशें रह जाती हैं।

उसमें और उनमें कोई अंतर नहीं है।

और आनंद भी उनसे अलग नहीं है। चंदर कतरा जाना चाहता था, क्योंकि आनंद आते ही किताबी तरीके से कहेगा, "यार, तुम्हारे बाल बहुत खूबसूरत हैं, ब्रिलक्रीम लगाते हो ? लड़कियाँ तो तबाह हो जाती होंगी।"

और तभी चंदर को सामने पाकर आनंद रुक जाता है, "हलो, यहाँ कैसे ? क्यों लड़कियों पर ज़ुल्म ढा रहे हो।" सुनकर उसे हँसी आ जाती है।

"किधर से आ रहे हो ?" डायरी जेब में रखते हुए पूछता है।

"आज तो यूँ ही फँस गए, आओ एक प्याला कॉफी हो जाए।" आनंद कहता है, फिर एक क्षण रुककर वह दूसरी बात सुझाता है, "या और कुछ····"

चंदर इसका मतलब समझकर न कर देता है। वह ज़ोर देता है, "चलो फिर आज तो हो ही जाए, क्या रखा है इस ज़िंदगी में !" कहते हुए वह झूठी हँसी हँसता है और धीरे से हाथ दबाकर पूछता है, "प्लीज़ इफ़ यू डोंट माइंड, कुछ पैसे हैं ?" उसके कहने में कोई हिचक नहीं है और न उसे शरम ही आती है। बड़ी सीधी-सी बात है, पैसे कम हैं।

"अच्छा पार्टनर, मैं अभी इंतज़ाम करके आया," वह विश्वास को गहराता हुआ कहता है, "यहीं रुकना, चले मत जाना।" और वह जाता है तो फिर नहीं आता।

चंदर यह पहले से जानता है।

कुछ देर बाद वह टी-हाउस में घुस जाता है और मेज़ों के पास चक्कर काटता हुआ कोने वाले काउंटर से सिगरेटें का पैकेट लेकर एक मेज़ पर जम जाता है।

"हलो !" कोई एक अधजाना चेहरा कहता है, "बहुत दिनों बाद इधर आना हुआ।" और वह भी वहीं बैठ जाता है। दोनों के पास बात करने के लिए कुछ भी नहीं है।

टी-हाउस में बेपनाह शोर है। खोखली हँसी के ठहाके हैं और दीवार पर एक घड़ी है जो हमेशा वक्त से आगे चलती है। तीन रास्ते बाहर से आने और जाने के लिए हैं और चौथा रास्ता बाथरूम जाता है। बाथरूम के पॉट्स में फिनाइल की गोलियाँ पड़ी हैं और गैलरी में एक शीशा लगा हुआ है। हर वह आदमी जो बाथरूम जाता है, उस

शीशे में अपना मुँह देखकर लौटता है।

गेलार्ड में डिनर डांस की तैयारी हो रही है। कुर्सियों की तीन कतारें बाहर निकालकर रख दी गई हैं। उधर वोल्गा पर विदेशियों की भीड़ बढ़ रही होगी।

और तभी एक जोड़ा भीतर आता है। महिला सजी-धजी है और जूड़े में फूल भी हैं। आदमी के चेहरे पर अजीब-सा गरूर है और वे दोनों फैमिली वाली सीट पर आमने-सामने बैठ जाते हैं। बैठने से पहले उनमें कोई ताल्लुक नज़र नहीं आ रहा था। सिर्फ इतना-भर कि जब महिला बैठने के लिए मुड़ी थी तो साथ वाले आदमी ने उसकी कमर पर हाथ रखकर सहारा-भर दिया था। इतना-सा साथ था दोनों में।

उनके पास भी बात करने के लिए शायद कुछ नहीं है।

महिला अपना जूड़ा ठीक करते हुए औरों को देख रही है और साथ वाला आदमी पानी के गिलास को देख रहा है। किसी के देखने में कोई मतलब नहीं है। आँखें हैं, इसलिए देखना पड़ता है। अगर न होतीं तो सवाल ही नहीं था। एक जगह देखते-देखते आँखों में पानी आ जाता है—इसलिए ज़रूरी है कि इधर-उधर देखा जाए।

बेयरा उसकी मेज़ पर सामान रख जाता है और दोनों खाने में मशगूल हो जाते हैं। कोई बात नहीं करता। आदमी खाना खाके दाँत कुरेदने लगता है और वह महिला रूमाल निकालकर अंदाज़ से लिपस्टिक ठीक करती है।

अंत में बेयरा आकर पैसे लौटाता है तो आदमी कुछ टिप छोड़ता है जिसे महिला गौर से देखती है और दोनों लापरवाही से उठ खड़े होते हैं। फिर उन दोनों में हलका-सा संबंध उसे नज़र आता है—वह आदमी ठिठककर साथ वाली महिला को आगे निकालने का इशारा करता है और उसके पीछे-पीछे चला जाता है।

चंदर का मन और भारी हो जाता है। अकेलेपन का नागपाश और भी कस जाता है। अपने साथ बैठे हुए अनजान दोस्त की तरफ वह गहरी नज़रों से देखता है और सोचता है, अजनबी ही सही, पर इसने पहचाना तो, इतनी पहचान भी बड़ा सहारा देती है····चंदर को अपनी ओर देखते हुए वह साथ वाला दोस्त कुछ कहने को होता है पर जैसे उसे कुछ याद नहीं आता, फिर अपने को सँभालकर उसने चंदर से पूछा, "आप····आप तो शायद कॉमर्स मिनिस्ट्री में हैं। मुझे याद पड़ता है कि····" कहते हुए वह रुक जाता है।

चंदर का पूरा शरीर झनझना उठता है और एक घूँट में बची हुई कॉफी पीकर वह बड़े संयत स्वर में जवाब देता है, "नहीं, मैं कॉमर्स मिनिस्ट्री में कभी नहीं था····"

वह आदमी आगे अटकलें भिड़ाने की कोशिश नहीं करता, सीधे-सीधे उस अनजान संबंध को मज़बूत बनाते हुए कहता है, "ऑल राइट पार्टनर, फिर कभी मुलाकात होगी।" और सिगरेट सुलगाता हुआ उठ जाता है।

चंदर बाहर निकलकर बस-स्टॉप की ओर बढ़ता है। मद्रास होटल के पीछे

बस-स्टॉप पर चार-पाँच लोग खड़े हैं और पुलिस वाला स्टॉप की छतरी के नीचे बैठा सिगरेट पी रहा है।

चंदर वहीं आकर खड़ा हो जाता है। सब जानना चाहते हैं कि बस कब तक आएगी पर कोई किसी से कुछ भी नहीं पूछता। पेड़ के अँधेरे में वह चुपचाप खड़ा है। नीचे पीले पत्ते पड़े हैं जो उसके पैरों से दबकर चुरमुराने लगते हैं और पीले पत्तों की वह आवाज़ उसे वर्षों पीछे खींच ले जाती है। इस आवाज़ में एक बहुत गहरा अपनापन है, उसे बड़ी राहत-सी मिलती है।

····ऐसे ही पीले पत्ते पड़े हुए थे। उस राह पर बहुत साल पहले इंद्रा के साथ एक दिन वह चला जा रहा था, कुछ भी नहीं था उसके सामने—वह खँडहरों में अपनी ज़िंदगी खराब कर रहा था और तब इंद्रा ने ही उससे कहा था, "चंदर, तुम क्या नहीं कर सकते!" वही पहचानी हुई आवाज़ फिर उसके कानों से टकराती है, "तुम क्या नहीं कर सकते!" और यह कहते-कहते इंद्रा की आँखों में अदम्य विश्वास झलक आया था।

और इंद्रा की उन प्यार-भरी आँखों में झाँकते हुए उसने कहा था, "मेरे पास है ही क्या? समझ में नहीं आता कि ज़िंदगी कहाँ ले जाएगी इंद्रा! इसीलिए मैं यह नहीं चाहता कि तुम अपनी ज़िंदगी मेरी खातिर बिगाड़ लो। पता नहीं, मैं किस किनारे लगूँ, भूखा मरूँ या पागल हो जाऊँ····"

इंद्रा की आँखों में प्यार के बादल और गहरे हो आए थे और उसने कहा था, "ऐसी बातें करते हो चंदर, मैं तुम्हारे साथ हर हालत में सुखी रहूँगी!"

चंदर ने उसे बहुत गौर से देखा था। इंद्रा की आँखों में नमी आ गई थी। उसकी कँटीली बरौनियों से विश्वास-भरी मासूमियत झलक रही थी। माथे पर आई हुई लट छूने को उसका मन हो आया था पर वह झिझककर रह गया था। इंद्रा के कानों में पड़े हुए कुंडल पानी में तैरती मछलियों की तरह झलक जाते थे और तब उसने कहा था, "आओ, उधर पेड़ के नीचे बैठेंगे।"

वे दोनों साथ-साथ चल दिए थे। सिरस के पेड़ के नीचे एक सीमेंट की बेंच बनी थी। राह पर पीली पत्तियाँ बिखरी हुई थीं। उनके कुचलने से ऐसी ही आवाज़ आई थी जो अभी-अभी उसने सुनी थी····वही पहचान-भरी आवाज़।

दोनों बेंच पर बैठ गए ते और चंदर धीरे से उसकी कलाई पर अंगुली से लकीरें खींचने लगा था। दोनों खामोश बैठे थे, बहुत-सी बातें थीं जो वे कह नहीं पा रहे थे। कुछ क्षणों बाद इंद्रा ने आँखें चुराते हुए उसे देखा था और शरमा गई थी, फिर उसी बात पर आ गई थी जैसे उसी एक बात में सारी बातें छिपी हों, "तुम ऐसा क्यों सोचते हो, चंदर, मुझ पर भरोसा नहीं?"

तब चंदर ने कहा था, "भरोसा तो बहुत है इंद्रा, पर मैं खानाबदोशों की तरह ज़िंदगी-भर भटकता रहूँगा····उन परेशानियों में तुम्हें खींचने की बात सोचता हूँ तो बरदाश्त नहीं कर पाता। तुम बहुत अच्छी और सुविधाओं से भरी ज़िंदगी जी सकती

हो। मैंने तो सिर पर कफन बाँधा है····मेरा क्या ठिकाना !"

"तुम चाहे जो कुछ बनो चंदर, अच्छे या बुरे, मेरे लिए एक-से रहोगे। कितना इंतज़ार करती हूँ तुम्हारा, पर तुम्हें कभी वक्त ही नहीं मिलता।" फिर कुछ देर मौन रहकर उसने पूछा था, "इधर कुछ लिखा ?"

"हाँ," धीरे से चंदर ने कहा था।

"दिखाओ।" इंद्रा ने माँगा था।

और तब चंदर ने पसीजे हुए हाथों से डायरी बढ़ा दी थी। इंद्रा ने तुरंत उस डायरी को अपनी किताबों में रख लिया था और बोली थी, "अब यह कल मिलेगी, इस बहाने तो अब आओगे····"

"नहीं, नहीं····मैं डायरी अपने साथ ले जाऊँगा, मुझे वापस दो।" चंदर ने कहा था तो इंद्रा शैतानी से मुस्कराती रही थी और उसकी आँखों में प्यार की गहराइयाँ और बढ़ गई थीं।

हारकर चंदर वापस चला आया था और दूसरे दिन अपनी डायरी लेने पहुँचा था तो इंद्रा ने कहा था, "इसमें कुछ मैंने भी लिखा है, पढ़कर फाड़ देना ज़रूर से।"

"मैं नहीं फाड़ूँगा।"

"तो कुट्टी हो जाएगी," इंद्रा ने बच्चों की तरह बड़ी मासूमियत से कहा था और उस वक्त उसके मुँह से वह बेहद बचपने की बात भी बड़ी अच्छी लगी थी।

और एक दिन····

एक दिन इंद्रा घर आई थी। इधर-उधर से घूम-घामकर वह चंदर के कमरे में पहुँच गई थी और तब चंदर ने पहली बार उसे बिलकुल अपने पास महसूस किया था और उसके माथे पर रंग से बिंदी बना दी थी और कई क्षणों तक मुग्ध-सा देखता रह गया था। और अनजाने ही उसने होंठ इंद्रा के माथे पर रख दिए थे। इंद्रा की पलकें झेंप गई थीं और रोम-रोम से गंध फूट उठी थी। उसकी अंगुलियाँ चंदर की बाँहों पर थरथराने लगी थीं और माथे पर आया पसीना उसके होंठों ने सोख लिया था। रेशमी रोएँ पसीने से चिपक गए थे और उन उन्माद के क्षणों में दोनों ने ही प्रतिज्ञा की थी—वह प्रतिज्ञा जिसमें शब्द नहीं थे, जो होंठों तक भी नहीं आई थी।

तब से उसे ये शब्द हमेशा याद रहते हैं, 'तुम क्या नहीं कर सकते !'

और तभी एक दूसरे नंबर की बस आती है और ठिठककर चली जाती है। चंदर को अहसास होता है कि वह बस-स्टॉप पर खड़ा है, वह गहरी पहचान····कहीं कोई तो है····और वह बहुत दूर भी तो नहीं।

इंद्रा भी तो यहीं है दिल्ली में····

दो महीने पहले ही तो वह मिला था। तब भी इंद्रा की आँखों में वह चार बरस पहले की पहचान थी और उसने पति से किसी बात पर कहा था, "अरे, चंदर कीं आदतें मैं खूब जानती हूँ।"

और इंद्रा के पति ने बड़े खुले दिल से कहा था, "तो फिर भई, इनकी खातिर-वातिर करो…."

और इंद्रा ने मुस्कराते हुए चार बरस पहले की तरह चिढ़ाने के अंदाज़ में बयान किया था, "चंदर को दूध से चिढ़ है और कॉफी इन्हें धुआँ पीने की तरह लगती है, चाय में अगर दूसरा चम्मच चीनी डाल दी गई तो इनका गला खराब हो जाएगा।" कहकर वह खिलखिलाकर हँस दी थी और इस बात से उसने पिछली बातों की याद ताज़ी कर दी थी….सचमुच चंदर दो चम्मच चीनी नहीं पी सकता।

बस आने का नाम नहीं ले रही थी।

खड़े-खड़े चंदर को लगा कि इस अनजानी और बिन जान-पहचान से भरी नगरी में एक इंद्रा है जो उसे इतने सालों के बाद भी पहचानती है, अब तक जानती है। उसका मन अपने-आप इंद्रा से मिलने के लिए छटपटाने लगा ताकि यह अजनबीपन किसी तरह टूट सके….

तभी एक फटफटवाला आवाज़ लगाता हुआ आ जाता है,"गुरदारा रोड…. क्रोलबाग गुरदारा रोड !" चंदर एक कदम आगे बढ़ता है और वह सरदार उसे देखते ही जैसे एकदम पहचान जाता है, "आइए बाबूजी, क्रोलबाग गुरदारा रोड।" उसकी आँखों में पहचान की झलक देखकर चंदर का मन हलका हो जाता है। आखिर एक ने तो पहचाना। चंदर सरदार को पहचानता है। बहुत बार वह इसी सरदार के फटफट में बैठकर कनॉट प्लेस आया है।

आँखों में पहचान देखते ही चंदर लपककर फटफट पर बैठ जाता है। तीन सवारियाँ और आ जाती हैं और दस मिनट बाद ही गुरुद्वारा रोड के चौराहे पर फटफट रुकता है। चंदर एक चवन्नी निकालकर सरदार की हथेली पर रख देता है और पहचान-भरी नज़रों से उसे देखता हुआ चलने लगता है।

तभी पीछे से आवाज़ आती है, "ऐ बाबूजी, कितना पैसा दिया है ?" चंदर मुड़कर देखता है तो सरदार उसकी तरफ आता हुआ कहता है, "दो आना और दीजिए साहब !"

"हमेशा चार आने लगते हैं सरदारजी ?" चंदर पहचान जताता हुआ कहता है, पर सरदार की आँखों में पहचान की परछाईं तक नहीं है। वह फिर कहता है, "सरदार जी, आपके फटफट पर ही बीसों बार चार आने देकर आया हूँ।"

"किसे होर ने लये होणगे चार आने….असी ते छै आने तों घट नहीं लेंदे बादशाहो !" सरदार इस बार पंजाबी में बोला था और उसकी हथेली फैली हुई थी।

बात दो आने की नहीं थी। चंदर ने बाकी पैसे उसकी हथेली पर रख दिए और इंद्रा के घर की तरफ मुड़ गया।

और इंद्रा उसे मिली तो वैसे ही। वह अपने पति का इंतज़ार कर रही थी। बड़ी अच्छी तरह उसने चंदर को बैठाया और बोली, "इधर कैसे भूल पड़े आज ?" फिर

आँखों में वही पहचान की परछाईं तैर गई थी। कुछ क्षणों बाद इंद्रा ने कहा था, "अब तो नौ बज रहे हैं, ये आठ ही बजे फैक्टरी बंद करके लौट आते हैं, पता नहीं आज क्यों देर हो गई, अच्छा चाय तो पियोगे?"

"चाय के लिए इनकार तो नहीं की जा सकती।" चंदर ने बड़े उत्साह से कहा था और कुरसी पर आराम से टाँगें फैलाकर बैठ गया था। उसकी सारी थकान उतर गई थी और मन का अकेलापन डूब गया था।

नौकरानी आकर चाय रख गई। इंद्रा ने प्याले सीधे करके चाय बनाई तो वह उसकी बाँहों, चेहरे और हाथों को देखता रहा। सब कुछ वही था, वैसा ही था···चिर-परिचित, तभी इंद्रा ने पूछा, "चीनी कितनी?"

और एक झटके से सब-कुछ बिखर गया, उसका गला सूखने-सा लगा और शरीर फिर थकान से भारी हो गया। माथे पर पसीना आ गया। फिर भी उसने पहचान का रिश्ता जोड़ने की एक नाकाम कोशिश की और बोला, "दो चम्मच।" और उसे लगा कि अभी इंद्रा को सब-कुछ याद आ जाएगा और वह कहेगी कि दो चम्मच चीने से अब गला खराब नहीं होता?

पर इंद्रा ने प्याले में दो चम्मच चीनी डाल दी और उसकी ओर बढ़ा दिया। ज़हर के घूँटों की तरह वह चाय पीता रहा। इंद्रा इधर-उधर की बातें करती रही पर उनमें उसे मेहमाननवाज़ी की बू लग रही थी और चंदर का मन कर रहा था कि इंद्रा के पास से किसी भी तरह भाग जाए और किसी दीवार पर अपना सिर पटक दे।

जैसे-तैसे उसने चाय पी और पसीना पोंछता हुआ बाहर निकल आया। इंद्रा ने क्या-क्या बाते कीं, उसे बिलकुल याद नहीं।

सड़क पर निकलकर वह एक गहरी साँस लेता है और कुछ क्षणों के लिए खड़ा रह जाता है। उसका गला बुरी तरह सूख रहा है और मुँह का स्वाद बेहद बिगड़ा हुआ है।

चौराहे पर कुछ टैक्सी ड्राइवर नशे में गालियाँ बक रहे हैं और एक कुत्ता दूर सड़क पर भागा जा रहा है। मछलियाँ तलने की गंध यहाँ तक आ रही है और पान वाले की दुकान पर कुछ जवान लोग कोकाकोला की बोतलें मुँह में लगाए खड़े हैं। स्कूटरों में कुछ लोग भागे जा रहे हैं। और शहर से दूर जाने वाले लोग बस स्टॉप पर खड़े अब भी प्रतीक्षा कर रहे हैं।

कारें, टैक्सियाँ, बसें और स्कूटर आ-जा रहे हैं। चौराहे पर लगी बत्तियों की आँखें अब भी लाल-पीली हो रही हैं।

चंदर थका-सा अपने घर की ओर लौट रहा है। अंगुलियों पर जूता काट रहा है और मोज़े की बदबू और भी तेज़ हो गई है।

आखिर वह थका-हारा घर पहुँचता है और मेहमान की तरह कुरसी पर बैठ जाता है। यह कोई नई बात नहीं है। निर्मला उसे देखकर मुस्कराती है और धीरे से बाँहों पर

हाथ रखकर पूछती है, "बहुत थक गए ?"

"हाँ।" चंदर कहता है और उसे बहुत प्यार से देखता है। उसका मन भीतर से उमड़ आता है। वह किराए का मकान भी उस क्षण उसे राहत देता है और लगता है कि वह उसी का है।

निर्मला खाना लगाते हुए कहती है, "हाथ-मुँह धो लो····"

"अभी खाने का मन नहीं है।" चंदर कहता है तो वह बहुत प्यार से देखते हुए पूछती है, "क्यों, क्या बात है, सुबह भी तो खाके नहीं गए थे, दोपहर में कुछ खाया था ?"

"हाँ।" वह कहता है और निर्मला को देखता रह जाता है।

निर्मला कुछ अचकचाती है और कुछ देर बाद थकी-सी उसके पास बैठ जाती है।

चंदर कुछ देर खोई-खोई नज़रों से कमरे की हर चीज़ देखता रहता है और बीच-बीच में बड़ी गहरी नज़रों से निर्मला को ताकता है। निर्मला कोई किताब खोलकर पढ़ने लगती है और चंदर उसे देखे जा रहा है।

पीछे से पड़ती हुई रोशनी में निर्मला के बाल रेशम की तरह चमक रहे हैं, उसकी बरौनियाँ मुलायम काँटों की तरह लग रही हैं और कनपटी के पास रेशमी बालों के सिरे अपने-आप घूम गए हैं। पलक के नीचे पड़ती हुए परछाईं बहुत पहचानी-सी लग रही है। उसने कड़ा आधी कलाई तक सरका लिया है।

चंदर की निगाहें उसके अंग-प्रत्यंग में पुरानी पहचान खोज रही हैं, उसके नाखून, अंगुलियाँ और कानों की गुदारी लवें····

उठकर वह परदे खींच देता है और आराम से लेट जाता है। उसे लगता है कि वह अकेला नहीं है। अजनबी और तनहा नहीं है। सामने वाला गुलदस्ता उसका अपना है, पड़े हुए कपड़े उसके अपने हैं, उनकी गंध वह पहचानता है।

इन सभी चीज़ों में एक गहरी पहचान है। घोर अँधेरी रात में भी वह इन्हें टटोलकर पहचान सकता है। किसी भी दरवाज़े से बिना टकराए निकल सकता है।

····तभी ज़ीने पर गुलाटी के थके कदमों की खोखली आहट सुनाई पड़ती है और उसे घबराहट-सी होती है। वह धीरे से निर्मला को अपने पास बुला लेता है। उसे लिटाकर छाती पर हाथ रख लेता है।

कई क्षणों तक वह उसकी साँस से उठती-बैठती छाती को महसूस करता है····और चाहता है कि निर्मला के शरीर का अंग-अंग और मन की हर धड़कन उसे पहचान की साक्षी दे····गहरी आत्मीयता और निर्बंध एकता का अहसास दे····

अँधेरे ही में वह उसके नाखूनों को टटोलता है, उसकी पलकों को छूता है, उसकी गरदन में मुँह छिपाकर खो जाना चाहता है, धुले हुए बालों की चिर-परिचित गंध उसके रंध्र-रंध्र में रिसने लगती है और उसके हाथ पहचान के लिए पोर-पोर पर थरथराते हुए सरकते हैं। निर्मला की साँस भारी हो जाती है।

वह उसकी मांसल बाँहों को महसूस करता है और गोल गुदारे कंधों पर हाथ से

थपथपाता रहता है, निर्मला के शरीर का अंग-अंग अनूठे अनुराग से खिंचता-सा आता है। उसका रोम-रोम उसे पहचान रहा था, जोड़-जोड़ कसाव से पूरित था, तन के भीतर गरम रक्त के ज्वार उठ रहे थे और हर साँस पास खिंचती जा रही थी। अंग-प्रत्यंग में, पोर-पोर में गहरी पहचान थी····

तभी बिशन कपूर की खिड़की में उजाला होता है और धुआँ सलाखों से लिपट-लिपटकर गली के अँधेरे में डूबने लगता है।

और उसका तनहा मन तनहाइयों को छोड़कर उन परिचित गंध, परिचित साँसों और पहचाने स्पर्शों में डूबता जाता है। उसे और कुछ भी नहीं चाहिए····परिचय की एक माँग है और उस अँधेरे में वह साँसों से, गंध से, तन के टुकड़े-टुकड़े से पहचान चाहता है, पुरानी प्रतीति चाहता है।

चारों तरफ सन्नाटा छा जाता है।

और उस खामोशी में वह आश्वस्त होता है····वह दोनों बाँहों में उसे भर लेता है। ज्वार और उठता है। तन की गरमाहट और बढ़ती है और रंध्र-रंध्र में एकता का सागर लहराने लगता है।

धीरे-धीरे निर्मला की तेज़ साँसें धीमी पड़ती हैं और चुंबकीय कशिश ढीली पड़ जाती है। खिंचाव टूटने लगता है और अंगों के ज्वार उतरने लगते हैं····

चंदर कसकर उसकी बाँहों को जकड़े रहता है····उतरता हुआ ज्वार उसे फिर अकेला छोड़े जा रहा है····अनजान तटों पर छोड़ी हुई सीपी की तरह।

निर्मला अपनी दबी हुई बाँह निकाल लेती है और गहरी साँस लेकर ढीली-सी लेट जाती है।

धीरे-धीरे सब-कुछ सो जाता है और रात बहुत नीचे उतर आती है। कहीं कोई आवाज़ नहीं, कोई आहट नहीं।

धीरे से निर्मला करवट बदलती है और दूसरी ओर मुँह करके गहरी नींद में डूब जाती है।

करवट बदलकर लेटी हुई निर्मला को वह अलसाया-सा देखता रहता है····और चंदर फिर अपने को बेहद अकेला महसूस करता है····वह निर्मला के कंधे पर हाथ रखता है, चाहता है कि उसकी करवट बदल दे, पर उसकी अंगुलियाँ बेजान होकर रह जाती हैं। कुछ क्षण वह अँधेरे में ही निर्मला को उधर मुँह किए लेटा हुआ देखता है और हताश-सा खुद भी लेट जाता है। पता नहीं कब उसकी पलकें झपक जाती हैं····

और फिर बहुत देर बाद थाने का घड़ियाल दो के घंटे बजाता है और उसकी नींद उचट जाती है। नींद के खुमार में ही वह चौंक-सा पड़ता है। कमरे की खामोशी और सूनेपन से उसे डर-सा लगता है। अँधेरे में ही वह निर्मला को टटोलता है, तकिए पर बिखरे उसके बालों पर उसका हाथ पड़ता है और वह उन बालों की चिकनाई को महसूस करता है····सिर झुकाकर वह उन्हें सूँघता है····

फिर निर्मला पर हाथ रखता है—उसके गोल कंधों को छूता है····वह स्पर्श भी पहचाना हुआ है····धीरे-धीरे वह उसके पूरे शरीर को पहचानने के लिए टटोलता है और उसकी साँसों की हलकी आवाज़ को सुनने और पहचानने की कोशिश करता है।

निर्मला अब भी करवट लिए पड़ी थी। वह धीरे से नींद में कुनमुनाती है। चंदर का दिल धक्-से रह जाता है। कहीं निर्मला जाग न जाए, अनजाने ही इस स्पर्श से अजनबियों की तरह चौंक न जाए।

निर्मला सोते-सोते एक बार रुक-रुककर साँस लेती है, जैसे उसे डर-सा लग रहा हो····या कोई भयंकर सपना देख रही हो····चंदर सुन्न-सा रह जाता है····क्या वह उसके स्पर्श को नहीं पहचानती ?

और फिर निर्मला को झकझोर कर वह उठाता है, "निर्मला····निर्मला····" वह बदहवासी में कहता है।

निर्मला चौंककर उठती है और आँखें मलते हुए प्रकृतिस्थ होने को कोशिश करती है।

और बिजली जलाकर वह निर्मला को दोनों कंधों से पकड़कर अपना मुँह उसके सामने करके डरी हुई आवाज़ में पूछता है, "मुझे पहचानती हो ? मुझे पहचानती हो, निर्मला ?"

निर्मला आँखें फाड़े देखती रह जाती है, धीरे से आश्चर्य-भरे स्वर में कहती है, "क्या हुआ ?"

और वह निर्मला को ताकता रह जाता है। उसकी आँखें उसके चेहरे पर कुछ खोजती रह जाती हैं।

नीली झील

बहुत दूर से ही वह नीली झील दिखाई पड़ने लगती है। सपाट मैदानों के छोर पर, पेड़ों के झुरमुट के पीछे, ऐसा मालूम पड़ता है, जैसे धरती एकदम ढालू होकर छिप गई हो, लेकिन गौर से देखने पर ऊँचे-नीचे पेड़ों के बीच से एक बहुत बड़ा शीशा झलकता दिखाई पड़ता है।

यही वह झील है।

और इसी झील पर जल-पक्षियों के शिकार के लिए आए हुए अंग्रेज़ कलक्टर ने कहा था, 'कितनी खूबसूरत है यह झील! जैसे ज़मीन में हीरा जड़ा हो।····झील तक पहुँचने के लिए पक्का रास्ता होना चाहिए।'

यह तीस साल पहले की बात है।

और तब बस्ती से झील तक रास्ता बनाने के लिए आए हुए · ज़दूरों की टोली में वह भी आया था और अंग्रेज़ साहब की मेम की आँखों को देखकर उसने कहा था, "कित्ती खूबसूरज है मेम! इसकी आँखें नीली झील की तरह लगती हैं।"

तगड़े और बदसूरत मज़दूरों ने तब आँखें बचाकर गंदे इशारे किए थे। और गहरी और भीगी ज़मीन में कार के पहिए फँसते ही वह सबसे पहले दौड़कर उस ओर धक्का लगाने के लिए जुट गया था, जिधर मेम बैठी थी।····उसका मन होता था कि बहाने से हाथ डालकर फूल-सी मेम को छुए, पर हिम्मत नहीं पड़ती थी। और मज़दूरों को उसकी इस सीनाज़ोरी पर बड़ा गुस्सा आया था और वे भीतर ही भीतर चाहते थे कि उसकी मरम्मत हो जाए।

रात को जब पेड़-तले बीनी हुई लकड़ियों के साँझे चूल्हे जले और उस वीराने में मज़दूरों के मुँह आग की लौ में शैतानों की तरह चमकने लगे, तो भजनू ने काँख से तमाखू का बटुआ निकालते हुए कहा, "इस साले को मेठ से कहकर निकलवाया जाए! मेम जान पाती तो चमड़ी उतर जाती!····साला आसक बनता है!"

"बनने दो, तुम्हारा का लेता?" भूख से क्लांत और जल्दी-जल्दी बाटियाँ सेंकते हुए होरी ने बात तोड़ देनी चाही।

"हम सबकी रोज़ी जाएगी," आग कुरेदते हुए एक और ने जोड़ा।

तभी दूसरे पेड़-तले से बड़ी भद्दी और मोटी आवाज़ में एक गीत का बोल उभरा:

"होए मेमिया तोरी अँखिया बड़ो जुलुम ढायो री····"

और पीतल की थाली ठनक उठी थी और महेसा शैतान की तरह नाच रहा था। बाटियाँ पकाते साथियों की हँसी और वाहवाही से शोर मच गया था। भूखे और थके

मज़दूरों की आँखों में एक वहशी चमक आ गई थी और एक क्षण के लिए वे जैसे तन की पीड़ा भूल गए थे। महेसा गा-गाकर कुछ देर तक नाचता रहा।....पेड़ों की पत्तियाँ आग की दमक में ताँबे की तरह लग रही थीं और उनके काले, पपोटेदार तने अजगरों की तरह झिलमिला रहे थे। आसमान सीप की पीठ की तरह धुँधला और काला था और झील की ओर से अजीब तरह के सूने-सूने स्वर आ रहे थे।

इसी समय तीखी आवाज़ में चीखता एक सारस गुज़र गया। उसके बड़े-बड़े पंखों से निःश्वास-सा निकल रहा था। सारस की चीख की प्रतिध्वनि कुछ क्षण तक आती रही और महेसा का स्वाँग रुक गया।

"अब सीधा होके बैठ, रोटी खा ले!" काने मेट की आवाज़ थी यह। नाराज़ साथियों को मेट का इस तरह अपनेपन से बोलना अच्छा नहीं लगा। भजनू ने धीरे से कहा, "बदमाश ने मेट को खुस कर लिया है! काना भी ऐबी है न, उसे भी मज़ा आता है!"

गुदारी बाटियों और उड़द की पकी हुई दाल की महक से सबकी भूख चमक आई थी। बड़ी रात तक बतकही के बीच खाना चलता रहा। धीरे-धीरे चूल्हों की आग मझाकर राख में दुबक गई और पेड़ों का अँधियारा घना हो गया।

सुबह काम शुरू होते ही सैलानियों की एक पार्टी वहाँ आकर रुक गई। कुछ हिंदुस्तानी साहब थे और साथ में कुछ अच्छी-अच्छी औरतें। औरतों के कंधों पर कैमरे लटक रहे थे और साहबों के कंधों से एयरगन और कारतूसों की पेटियाँ। खाने-पीने का सामान कांडियों में था और वह बोझ उनसे चल नहीं रहा था। औरतों के खूबसूरत चेहरों पर पसीने का पनीलापन था और साड़ियों के छोर कमर में खुँसे हुए थे। धूल से बचाने के लिए साड़ियाँ एक तरफ से कुछ ऊँची कर ली गई थीं। उन्हें देखते ही मज़दूरों ने रुकने का मतलब भाँप लिया था और वे अपने काम में इतने मशगूल हो गए थे कि जैसे उन लोगों की उपस्थिति का उन्हें एहसास ही न हो। पर महेसा हाथ रोककर, फेंटा कसने के बहाने कनखियों से उन्हें ताक रहा था। वह इसी इंतज़ार में लगता था कि अभी उनमें से कोई औरत सामान उठाने के लिए कहेगी और वह मेट की मर्ज़ी देखकर निश्चय ही उनकी सहायता के लिए तैयार हो जाएगा।

साहब लोग भी किसी मज़दूर से आँख मिलने की ताड़ में थे। बाकी सब आँख बचा रहे थे, सिर्फ महेसा आँख मिलाने के लिए उतावला था; पर साहबों से नहीं। जैसे उसने यही तय किया था कि नीली साड़ी वाली औरत अगर कहेगी तो वह फावड़ा छोड़कर सामान उठा लेगा। वह बार-बार उसे ही हैरत से ताक रहा था कि नीली साड़ी वाली औरत ने ही मौका पाकर बड़ी मीठी आवाज़ में कहा, "कोई मज़दूर मिल जाएगा यहाँ?"

महेसा को यह बात नहीं जँची। मज़दूर ही चाहती है तो खोज ले! उसने ठसक

से कहा, "हम लोग सरकारी गैंग के आदमी हैं !" कुछ इस तरह जैसे सरकार से रुपया पाकर मज़दूरी करना कुछ ऊँची बात हो।

"अरे, ज़रा-सी मदद के लिए चाहिए।····यह सामान झील तक पहुँचाना है।" उसी नीली साड़ीवाली की मीठी आवाज़ थी।

महेसा का दिल बहक उठा। बड़प्पन और शान से बोला, "मदद मिल सकती है, ऐसे बोलिए !"

महेसा के तुच्छ-से गर्व को लक्ष्य करके वह धीरे से हँसी। और महेसा एक क्षण के लिए अपलक उसके साफ दाँतों को देखता रहा। फिर दौड़कर मेट के पास पहुँचा और सामान उठाने की इजाज़त माँगकर चला आया।

आते ही उसने गर्व से उनका सामान उठाया और नीली साड़ी वाली के कंधे में लटके थरमस को माँगने के बहाने बोला, "यह बोतल भी दे दीजिए।"

मीठी आवाज़ वाली औरत ने कुछ जवाब नहीं दिया। पर वह ऐसे मानने वाला नहीं था। चलते-चलते उसने फिर पूछा, "आप लोग शिकार के लिए आए हैं? कहाँ से आए हैं ?"

लेकिन वह नीली साड़ी वाली औरत एक आदमी से मुस्करा-मुस्कराकर बातें कर रही थी। महेसा को यह अच्छा नहीं लग रहा था। एक अजीब तरह की परेशानी उसे हो रही थी। कुछ दूर तो उसने बर्दाश्त किया, फिर उसका मन हुआ कि सामान पटककर उसी आदमी से कहे कि उठाइए अपना ताम-झाम ! मैं मजूर नहीं हूँ ! पर उनके साथ चल सकना भी उसे कम भला न लग रहा था।····उसे बोलने का फिर मौका मिला, गलत रास्ते पर मुड़ते देख वह लपककर नीली साड़ी वाली के पास पहुँचा और एकदम उनके अज्ञान पर जैसे चीख पड़ा, "आप लोगों को रास्ता नहीं मालूम, हमारे साथ आइए ! इधर से दलदल पड़ेगा !"

"दलदल ! ओह ! नीली साड़ी वाली कुछ ज़्यादा चौंक गई थी। उसका यह चौंकना महेसा को बहुत अच्छा लगा था। उसे अनिर्वचनीय सुख-सा मिला था।····कानपुर में मिल से छुट्टी पाते ही वह चौराहे वाले कोने पर रुककर इसी तरह औरतों को देख-देखकर खुश होता था।····

झुरमुट के पास पहुँचते ही सब लोग रुक गए। सामान वहीं उतरवा लिया गया। सभी औरतें हवा की ठंडक में अपने बालों की लटें ऊपर करती हुईं या साड़ियाँ सँभालती हुई बेफ़िक्री से बैठ गईं।

हलकी-हलकी हवा झील की ओर से आ रही थी और छाया में कुछ सर्दी भी थी। झील के पानी के भीतर बादल तैर रहे थे और नरकुल धीरे-धीरे काँप रहे थे।····दूर से जिधर पानी उथला था, देवहंसों, मुर्गाबियों और पतारी के झुंडों के चुगने की और पंख फड़फड़ाने की आवाज़ें आ·रही थीं। देवहंस शायद सिवार खा रहे थे और मुर्गाबी घोंघे या केकड़े खोजने में मशगूल थे। पेड़ों पर चिड़ियाँ चहक रही थीं।

सहसा नीली साड़ी वाली ने झील के पानी की ओर इशारा करते हुए हैरत से कहा, "पानी का साँप ! साँप तैर रहा है !"

सभी कौतूहल से देखने लगे। महेसा खिलखिलाकर हँस पड़ा। कैसे समझाए इन साहबों को, वे इतना भी नहीं जानते ! वह सिर्फ नीली साड़ी वाली को ही बताना चाहता था। एकदम बोला, "पनिया साँप नहीं है, एक चिड़िया है वह !"

"चिड़िया ? बकता है !" नीली साड़ी वाली ने प्यार से कहा।

"न मानें तो देखती रहें !" फिर इधर-उधर नज़र दौड़ाकर बोला, "वह उस पानी में उगे ठूँठ को देख रही हैं ?····वह ····उस पर जो काली चिड़िया बैठी है, उसी का साथी है यह, सरपपच्छी !"

"वह काली चिड़िया !" नीली साड़ी वाली उससे बात कर रही थी और वह तन्मय होकर बता रहा था, "हाँ-हाँ, वही ! सरपपच्छी तैरने का बहुत शौकीन होता है। बस, भाले-सी काली चोंच निकालकर तैरता रहता है।"

"खाता क्या है ?" उसने उत्सुकता से पूछा।

"मछली !" उसकी आँखों में चमक आती जा रही थी। और बात करने के लिए उसने बात जोड़ दी, "अभी जब थक जाएगा तो किसी ठूँठ पर पंख और दुम फैलाकर सुखाएगा।"

"अभी निकलेगा ?" नीली साड़ीवाली का मुख खुला रहा गया।

और उसके सफेद दाँतों को महेसा निहारता रहा—नकबा के सफेद पंखों की तरह धुले हुए व चमकदार ! उसका मन जाने को नहीं हो रहा था, पर मेट ने कहा था जल्दी लौटना और फिर साथियों के कलेजे पर साँप लोट रहा होगा !

तभी एक साहब को बंदूक सँभालते देख उसका मन उचाट हो गया। वह नीली साड़ी वाली भी अब बंदूक की ओर ज़्यादा ध्यान दे रही थी।

उनके साथ के एक साहब ने उसे कुछ पैसे दिए और अभी एक क्षण पहले का महेसा अपना सारा आकर्षण भूलकर चल पड़ा। उसका मन भारी हो गया था। रह-रहकर उसकी आँखों के सामने वह बंदूक घूम रही थी और कानों में चिड़िया का शोर समाया हुआ था। हर आवाज़ वह पहचानता था—उन पक्षियों की भी, जो साल-भर इसी झील के किनारे रहते थे और उनकी भी, जो इस ऋतु में दूर पहाड़ों से उतरकर कुछ दिनों के लिए मेहमानों की तरह आते थे। उनकी हर आवाज़ का अर्थ वह समझता था—वे लड़ रहे हैं, या आनंद से भरकर गा रहे हैं, या साथियों को खतरे का बिगुल सुना रहे हैं। झील के पानी में किलोलें करते हर पक्षी के पंखों की सरसराहट का एहसास है उसे, चाहे वह मुर्गाबी हो, सुरखाब, जंगली बतख, चाहा, बगुला, सारस, नकटा, रेती, सरपपच्छी या सोना पतारी ! उनकी सीटियों की मधुर आवाज़ें उसके कानों में बसी हुई हैं····और तभी उसका मन उस बंदूक की याद से धड़कने लगा !

उधर बंदूक चली थी और गोली की टूटती हुई आवाज़ बादलों में गूँज गई थी।

और उसके बाद पक्षियों का कातर शोर! मन पर चोट-सी लगी थी। उसका मन उदास हो आया था। दूर पर साथी मज़दूर काम में लगे दिखाई पड़ रहे थे। एक क्षण ठिठककर उसने पीछे देखा, दलदल खामोश था और ऊपर से उड़कर भागती हुई चिड़ियों की भयातुर आवाज़ को शालीनता से पीता जा रहा था।....मुड़कर वह तेज़ कदमों से लौट आया और अपने काम में जुट गया।

रात को जब पेड़ों के नीचे साँझे चूल्हे जले, तो महेसा नहीं था। गाँव से प्याज़ और मसाला लाने वाले चरनसिंह ने बताया, "वह तो बदमास घी की चुपड़ी रोटी खाएगा आज!"

"कहाँ? गाँव में है?" भजनू ने आश्चर्य से पूछा।

"वहीं पंडिताइन के घर है। चबूतरे पर बैठा मिसकौट कर रहा था लुगाई से।....और वह नासमारी मुस्करा-मुस्कराकर बतिया रही थी, पत्तीदार बाल काढ़े, और ज़ेवर पहने साथ बैठी थी।....मरा साला!" कहकर चरनसिंह ने पिच्च से थूका और प्याज़ की गाँठ छीलकर खाने लगा।

"उससे कैसे आसनाई हो गई?" भजनू ने तसले में आटा सँभालते हुए रहस्य-भरी आवाज़ में पूछा।

"तू चाहे तो तू कर ले! कौन मुस्किल है!....लेकिन उस नरक में कूदे कौन?....बखत था जब हमारे पीछे लग गई थी...." आदत के मुताबिक चरनसिंह बात अपने से जोड़ रहा था।

"कुबड़ा न होता तो शायद ब्याह रचा लेती!" होरी ने जैसे चरनसिंह के कुबड़ेपन पर गहरा वार किया। "बैठ जा सीधी तरह, हूँ!....तेरे पीछे लग गई थी! गाँव के ठाकुर ने जान दे दी, पर नजर नहीं मिलाई उसने!"

"असल में उसे पैसे का गरूर है!" भजनू ने रोटी गरम तवे पर डालते हुए कहा, "दस गाँव में ऐसी औरत नहीं मिलेगी! का रूप है और का काठी है! राम कसम!"

चरनसिंह ने सिसकारी भरी और भजनू की बात का मतलब साफ हो गया। चूल्हे की आँच में उसका कूबड़ कद्दू की तरह लग रहा था। होरी की आँख के नीचे लटका हुआ बड़ा-सा मांस का लोथड़ा सूजा हुआ था। "कीड़े ने काट लिया," कहते हुए उसने सने हाथ से हाथ के नीचे सहलाया और बोलता गया, "घी-मेवा खाती है, ठसक से रहती है पंडिताइन!"

"चालिस की लगती नहीं," भजनू ने रोटी पलटी। "महेसा की उमर कितनी होगी?" उसने दरयाफ्त किया।

"होगा पच्चिस-छब्बिस का!" चरनसिंह बोला।

"फिर तो...." कहकर होरी शैतानी से हँस पड़ा।

झील तक वह सड़क तो पूरी नहीं बन पाई, पर महेसा गैंग से बिछुड़ गया।

विधवा पंडिताइन ने उससे शादी कर ली थी। लोगों ने तरह-तरह की बातें कहीं····किसी का कहना था कि जवान देखकर पंडिताइन ने फाँस लिया और कोई कहता था कि महेसा रुपया-पैसा देखकर ढरक गया····। जो भी हो, दोनों तरह से लोगों को यह अच्छा नहीं लगा था, क्योंकि किसी को बुरा देखकर लोग बर्दाश्त नहीं कर पाते और अच्छा बनते देखना उनसे सहा नहीं जाता। लेकिन महेसा ने किसी की परवाह नहीं की। पंडिताइन फिर से सुहागिन हुई थी और इतने दिनों बाद जब उसकी माँग से सेंदुर और गोरे माथे पर पत्तीदार बालों के बीच बिंदिया चमचमाई, तो उसका रूप दुगुना हो गया। दुहरे बदन की पंडिताइन जब चाँदी की करधनी बाँधकर चलती और पैरों में झाँझें जब झन्न-झन्न बोलतीं तो लोगों के कलेजे दरक जाते।

राह में साथ चलते महेसा से पारबती पंडिताइन कहती, "तुम्हें तो ज़रा भी सऊर नहीं है! मरद घरवाली के आगे-आगे चलता है, साथ नहीं!····लोग क्या कहेंगे?···· आगे चलो!"

और सर पर साफा बाँधे महेसा कहता, "बड़ी सरम आय गई है! सहर में मेम लोग इसी माफिक चलती हैं, बल्किन बाँह में हाथ फँसा के!" और बस्ती के बाज़ार से खरीदा, चमकदार केलासन का जम्फर झिलमिलाता देख उसका माथा गर्व से उठ जाता। पारबती कित्ती खूबसूरत है!

और एक दिन देवियों की पूजा के लिए जब पारबती ने महावर लगाया, तो चमचे में घुला लाल रंग उँगली में लेकर उसने पारबती के होंठों पर लगा दिया। पारबती छुटाने लगी तो उसने अपनी कसम दे दी और नुमाइश से लाए शीशे को उसके सामने कर दिया। पारबती ने लजाते हुए अपने लाल होंठों को देखा, पर अपनी खूबसूरती की शोखी से भरकर बोली, "तुम तो मेम से सादी करते! लाली-पौडरवाली से।" और वह अपने को खुद किसी मेम से कम नहीं लगी थी!

तभी महेसा ने उसकी गुदारी कलाई पकड़ते हुए कहा, "तुम किधर से कम हो!" और हँसती पारबती के उजले दाँतों को देखकर उसका मन खिल गया!····पारबती के दाँत ठीक वैसे ही थे, जैसे उसने कभी देखे थे, हंस के पंखों की तरह धुले हुए!

पारबती के कहने से उसने कलमें बड़ी-बड़ी रखवाई थीं, चोटी में मोटी-सी गाँठ बाँधता था और मूँछें छोटी करवा ली थीं। मेले-तमाशे पर जाने के लिए बैलों की एक गोई और छोटा-सा रब्बा भी खरीद लाया था। बैलों को खूब सजाकर रखता था। उनके गलों में चालीस घुँघरुओं की माला थी और सींगों पर पालिश। रब्बे की छत के लिए रंगीन झालर पारबती ने सी थी और गछियाँ वह दरज़ी से बनवा लाया था। पहियों के ऊपर रथ की तरह हाथा लगवाया था और सन की नहीं, सूत की रंगीन डोरियों से किनारे बुनवाए थे। सतरंगी रब्बा था महेसा का! एक दफा दौड़ में दाँव लगा आया था और पारबती के पीछे पड़ गया था, "तुम साथ नहीं बैठोगी तो दौड़ में नहीं जाऊँगा।" और उसने बहुत समझाया था, "हमारा तमासा दिखाओगे?····बहुत लड़कपन है तुममें।"

महेसा हँस पड़ा था, "और तुम बूढ़ी हो गई हो न ! सरम नहीं आती हमारे सामने कहते ?····बतिया बछरी-से दाँत हैं अभी, बात बड़ी-बूढ़ियों की तरह करोगी !"

और मेले की दौड़ के लिए जाते-जाते अब ऊसर से रब्बा गुज़र रहा था, तो पारबती ने चतुराई से उसे मना लिया था और मन में कोई मलाल लाए बिना महेसा मेला दिखाके बगैर दौड़ में हिस्सा लिए लौट आया था।

बस्ती में हरदम महेसा और पारबती की बात होती, पर दोनों को किसी की चिंता नहीं थी। पारबती रुपए का लेन-देन करती और सबकी चोटी अपने पांव के नीचे रखती। बस्ती में कौन ऐसा था, जिसे वक्त-बेवक्त चार पैसे की ज़रूरत नहीं पड़ती ! इसलिए वे लोग भी जो पीठ-पीछे पारबती और महेसा को कोसते, सामने आकर चिकनी-चुपड़ी बातें करते।

इसका एहसास दोनों को था, पर दोनों इतने मुक्त थे कि कभी उन्होंने मन नहीं जलाया। महेसा अ। निश्चिंत हो गया था। काम-धाम करने की उसे ज़रूरत नहीं रह गई थी। पर अब भी, जब वह सैलानी लोगों को झील की ओर जाते देखता और उनके साथ कोई सुंदर औरत होती, तो वह अपने को रोक न पाता; पीछे-पीछे चला ही जाता और चाहता कि वह औरत उससे बात करे। और जब वह औरत उससे बात नहीं करती, तो वह चिड़ियों में मशगूल हो जाता, शांत झील के किनारे-किनारे चक्कर काटता, नरकुलों के बीच साबूदाने की तरह फैले हुए मछलियों के अंडों को देखता और नीलपक्षी के जोड़ों को निहारता····बगुले को ध्यानावस्थित खड़ा देखकर वह साँस रोककर ठहर जाता और उसके शिकार करने की प्रतीक्षा करता; देर हो जाती तो घर की याद आते ही लौट पड़ता।

एक बार वह दिन-भर नहीं आया, आधी रात को लौटा। पारबती ने नाराज़ होकर पूछा, तो सीधेपन से कह दिया, "जंगल तक गया था।"

"झील पर घूमके मन नहीं भरता ?" पारबती ने उलाहना दिया, तो बड़ी सफाई से उसने बता दिया, "जंगल में तीतर देखने गया था, ससुरे धूल से नहाते हैं !"

"तीतर-वीतर नहीं, तुम कहीं और गए थे। सच-सच बताओ मुझे !" पारबती कुछ कड़ी पड़ गई, "तीतर देखना था तो बलदू के घर देख लेते, वह तो तीतर लड़ाता है।"

"पिंजरे में बंद तीतर का क्या देखना !" महेसा ने कहा, "मुझे कोई पालना तो है नहीं, पता नहीं लोग कैसे चिड़ियों को पालते हैं !"

तभी ऊपर आकाश में कुछ पक्षियों का झुंड उड़ता गुजर गया। उसकी आँखें आसमान में टँग गईं। एकदम बोला, "यह वाक का झुंड है····देख पारबती, अब रात-भर ये मछली का शिकार करेंगे।"

पक्षियों के नरम पंखों की रेशमी आवाज़ दूर चली गई थी।

"वो कुछ भी करें, तुम हमारी बात का जवाब दो। सच-सच बताओ कहाँ गए थे ?"

"ईमान से बता दिया।"

"लेकिन इत्ती रात तक तीतर ही देखते रहे?" पारबती के स्वर में शंका थी।

"हाँ-हाँ, पारबती माना तो करो!....देखो, पैरों में कितने काँटे चुभ गए हैं। लड़ना है तो सवेरे लड़ेंगे।" कहकर वह आराम से टाँगें फैलाकर लेट गया।

पारबती ने बात बदल दी, "रुपया बहुत फैल गया है, वसूल नहीं होता, तुम ज़रा लोगों को डाँटो-डपटो।"

"यह हमसे नहीं होगा।"

"अच्छा, सुनो! मेरा मन है कि कुछ रुपया लगाके यहाँ चबूतरे पर एक मंदिर बनवा दिया जाए....और बन सके तो मुसाफिरों के लिए दो कोठरियाँ भी बन जाएँ। हारे-थके लोगों को आराम मिलेगा और कुछ रुपया धरम के कारज में लग जाएगा।"

"यह धरम-करम तुम्हें कब से सताने लगा?"

"बहुत दिन की साध है मन में! मिस्त्री को बुलाके ज़मीन भी दिखाई थी, फिर कुछ हो नहीं पाया।....मर जाऊँगी तो नाम का एक मंदिर तो रहेगा, दस दिलों से असीस निकलेगी!" पारबती ने बड़ी सचाई से बात कही।

"बेबखत यह बात कैसे सूझ गई तुम्हें?" महेसा ने पूछा।

"आज दिन-भर यही सब सोचती रही।"

महेसा ने गौर से देखा पारबती को। चाँदनी उसके चेहरे पर पड़ रही थी। सचमुच पारबती बहुत बदली-सी लगी। आज उसे लगा कि सचमुच पारबती उससे बहुत बड़ी है।....और उसके चेहरे पर नीली लकीरों का जाल बनना शुरू हो रहा है। बाँहों का खिंचाव ढीला पड़ गया है, कूल्हे पर भारीपन आ गया है। लेकिन फिर भी उसके पत्तीदार बाल उसे अच्छे लग रहे थे।....

"का देख रहे हो?" पारबती ने आँचल का खूँट ऊपर सरका लिया।

महेसा चुपचाप देखता रहा, बोला कुछ नहीं। पारबती ने फिर टोका तो महेसा ने यों ही कह दिया, "मंदिर बनना जरूरी है?"

पारबती समझ गई कि उसके मन की बात यह नहीं है। महेसा की आँखों में अभी जो सूनापन उसने देखा था, वह कुछ और ही कह रहा था। पारबती ने कुछ उदास स्वर में पूछा, "हमसे सादी करके पछताते तो नहीं हो?"

"ऐं?" महेसा इस सवाल के लिए तैयार नहीं था।

"आज सोच-सोचके बड़ा दुःख हुआ।....अपने सुख की खातिर हमने तुम्हें खराब कर दिया।" पारबती की आँखों में पनीलापन था, "पछतावा तो होता होगा, सच-सच बताना!"

"काहे का पछतावा पारबती?" महेसा ने कहा, "हमने कभी यह सब सोचा ही नहीं, ज़रूरत ही नहीं पड़ी।"

"तुमने कभी कुछ नहीं सोचा? सादी की बाबत भी नहीं सोचा था?" पारबती ने

जैसे उसे कुरेदा, "अभी तुम अपने को आजाद समझते हो, बाल-बच्चे होते तो समझते !" कहते-कहते उसकी आवाज़ भारी हो आई। चाँद पर बादल आ जाने से चाँदनी मटमैली हो गई थी और पारबती का चेहरा धुँधला पड़ गया था। लालटेन चौखट में कुंडी से लटकी थी और उसकी रोशनी में खाट की अरदावन परछाइयों की सलाखें बना रही थी।

महेसा को एकाएक लगा कि शादी के बाद सब घरों में बच्चे होते हैं, उसके घर में अभी तक कुछ नहीं हुआ। उसने गहरी नज़रों से पारबती को देखा। इस समय की बात वह समझ नहीं पा रहा था। आखिर पारबती कहना क्या चाहती है? घर में चारों ओर सन्नाटा छाया हुआ था। ऐसे सूनेपन में उसने पारबती के साथ कभी अकेलापन नहीं महसूस किया है, पर आज वह इतनी अलग-सी क्यों मालूम हो रही है? हमेशा रात या दिन अकेलेपन में उसके मन में प्यार ही उमड़ा है, और उसने भी कभी ऐसी उखड़ी बातें नहीं कीं।

"तुम्हें हुआ का है ?" महेसा ने शायद आज पहली बार इतना सोचकर कुछ पूछा था।

"पता नहीं का हुआ है ! बस्ती का अस्पताल बहुत छोटा है, यहाँ मेरी देखभाल नहीं हो पाएगी।"

"अस्पताल ! लेकिन अस्पताल की का ज़रूरत है ?" महेसा और उलझ रहा था।

तुम्हारी नासमझी के लिए का कहूँ ! यहाँ घर पर मेरी देखभाल कौन करेगा? सगे-संबंधी भी नहीं, जो ज़रूरत-बखत पर आ जाते।....सुना है अस्पताल में तकलीफ भी नहीं होती, ऐसी दवा देते हैं डॉक्टरजी।"

महेसा हँसा। अब समझ पाया था वह। उत्साह से भरकर बोला, "ज़िला अस्पताल में चली चलना ! पैसा सब देखभाल करा देगा, भगवान् का दिया सब-कुछ है !"

लेकिन पारबती उसकी खुशी में हिस्सा नहीं बँटा पाई। उसके मन में जैसे डर समाया हुआ था। बोली, "एक बात कहूँ ?....हमें बड़ा डर लगता है, लगता है जान चली जाएगी।"

"बेकार डरती हो तुम !"

"बेकार नहीं, न जाने मन में कैसी-कैसी बातें व्यापती हैं ! बड़े डरावने सपने दिखाई पड़ते हैं ! साँस रुकने लगती है !" पारबती ने बाँहें छाती पर कस ली थीं।

"तो हमारे साथ लेटा करो," महेसा ने उपाय बता दिया।

"कुछ तो सोचा करो !"

"हम कहें कि आजकल तुम कतराई-कतराई काहे रहती हो !....बेकार की बातें मन में मत लाया करो पारबती ! आ, खाट टीन में कर लें।"

पारबती ने उठकर खाट पकड़ाते हुए कहा, "अब इतना बाहर मत रहा करो, न

जाने जाने कब क्या हो जाए !"

महेसा ने खटिया से खटिया मिला ली और पाटी के पास सरककर हाथ उसकी बाँह में रख दिया. "अब डर नहीं लगेगा तुम्हें।"

कुछ देर बाद पारबती तो सो गई, पर महेसा को नींद नहीं आ रही थी। पारबती का पैर एकाएक हिला और साँस तेज हो आई, जैसे वह डर रही हो। महेसा ने उठकर उसके माथे पर हाथ फेरा। बड़ी देर तक बैठा देखता रहा और जब उसे नींद आने लगी, तो लोहे का एक चाकू लाकर उसने पारबती के सिरहाने रखा और लेट गया, जैसे पारबती नन्ही-सी बच्ची हो !

इन दिनों उसका मन बहुत भरा-भरा रहता। पारबती इस लायक नहीं थी कि उसे झील तक ले जाता, खुद भी बैठता और उसे भी दिखाता वहाँ की सुंदरता। इसलिए वह आसपास ही कुछ देर के लिए चला जाता। हाफिज़जी बिसाती की दुकान पर अगर बैठ जाता, तो पारबती के लिए नाखूनों की लाली, कोई छोटा-सा शीशा या और कोई ऐसी चीज़ खरीद लाता जिसे हाफिज़जी नई चाल की बता देते।····एक दफा हाफिज़जी ने उसे फोटो-फ्रेम दिखाकर कहा, "इसमें मियाँ-बीवी की तस्वीर लगती है। बड़े घरों में लोग इसे रखते हैं।" फोटो-फ्रेम तो वह ले आया, पर तस्वीर नहीं थी। तीसरे ही दिन उसने पारबती को तैयार कराया, सारे गहने उसे पहनने को मजबूर किया और खूब तेल लगाकर रामा फोटोग्राफर की दुकान पर जा पहुँचा।

साथ-साथ बैठते हुए उसने पारबती के सर का पल्ला कानों के पीछे कर दिया और अपनी कमीज़ की जेब में सतरंगा रेशमी रूमाल रख लिया। अपने गले का तावीज़ भी खींचकर ऊपर कमीज़ पर निकाल लिया, ताकि तस्वीर में सब-कुछ दिखाई पड़े। अपने पीछे बाग का पर्दा लगवाया, जिसमें दो चिड़ियाँ चोंच से चोंच मिलाए बैठी थीं। पारबती को भी वह पर्दा पसंद आया था।

लेकिन तस्वीर में और सब तो ठीक आ गया, अफसोस सिर्फ बालों का था।

"ससुरे ने हमें बूढ़ा बना दिया ! काहे, पारबती ?"

"तुम्हें ही बड़ा शौक चर्राया था। एक रुपया खराब कर दिया !"

पर महेसा को इस बात का मलाल नहीं था। उसने तस्वीर को फ्रेम में लगाकर बरामदे वाली घरोंची पर सजा दिया। ऐसी तस्वीर मुश्किल से किसी के घर निकलेगी···· मुख्तार साहब के घर ही हो सकती है !

उस दिन भी वह हाफिज़जी की दुकान पर बैठकर लौट रहा था। पारबती के बालों में लगाने के लिए विलायती पिन लाया था। पिन के पत्ते पर बनी मेम को वह ताक रहा था कि पारबती ने पूछा, "मंदिर के लिए मिस्त्री से बात हुई ?"

"मिस्त्री तो नहीं मिले, पर एक नई बात सुनने में आई है।"

"का ?" पारबती ने उत्सुकता से जानना चाहा।

"अपनी बस्ती में बिजली लग रही है; चुंगीवाले बड़ी कोशिश में हैं, पर पैसा पास

नहीं है चुंगी के।"

"तो बिजली का लगेगी ?"

"सुना, चुंगी अपनी कुछ जमीनें बेचने की बात सोच रही है, ऐसी जमीनें जो उसके लिए बेकार हैं !" महेसा ने कहा तो पारबती एकदम बोली, "चुंगी अगर बेचे तो अपने चबूतरे के पासवाला कूड़ाखाना हम खरीद लें !····चबूतरे पर मंदिर हो जाएगा और उधर मुसाफिरों के लिए छोटी-सी धरमसाला ! तुम ज़रा सच्ची बात पता लगाओ !"

"बात तो सच्ची है। हाफिज़जी का रोज़ चुंगी में आना-जाना लगा रहता है, गलत खबर नहीं लाएँगे, वो ही बता रहे थे।" महेसा ने जैसे उसे इत्मीनान दिलाया, "मौका लगा तो खरीद लेंगे।"

"का पता कब तक हो !"

झील की ओर से तभी चिड़ियों का कातर शोर सुनाई पड़ा और उनका मन बहक गया। एकदम बोला, "शायद शिकारी आए हैं।"

ऊपर आसमान से 'आंग-आंग' करते चक्रवाकों के जोड़े गुज़र रहे थे। महेसा का मन ग्लानि से भर आया। बोला, "इन्हें मारने से फायदा ! इत्ती सुंदर चिड़िया है, पर मुर्दा खाती है !"

"आजकल नई-नई चिड़ियाँ बहुत दिखाई पड़ती हैं, पहचान में भी नहीं आतीं," पारबती ने कहा, "न जाने कहाँ से इतनी आ जाती हैं !"

"ये चिड़ियाँ मेहमान हैं।····कातिक खतम होते आती हैं और फागुन-चैत तक चली जाती हैं।" महेसा पारबती को बता रहा था, "हमने चिड़ियों के अंडे भी जमा किए हैं, तुझे नहीं बताया, नहीं तो घर से निकाल देती।"

"अब भी निकाल सकती हूँ।" पारबती कह ही रही थी कि 'दिखाऊँ' कहता हुआ महेसा उठकर गया और तरह-तरह के सफेद, चितकबरे, हरियाले-से अंडे उठाकर ले आया।

"देख पारबती, यह वाक का अंडा है, यह सारस का और यह सोनापतारी का !" महेसा एक-एक अंडा उठाकर दिखाने लगा। वैसे तो पारबती नहीं छूती, पर उसने सोनापतारी का अंडा हाथ में ले ही लिया। घुमाकर देखते ही हाथ से छूटकर वह गिर पड़ा और टूट गया, तो पारबती के मुँह से चीख निकल गई, "हाय दइया !"

"टूट गया तो क्या हुआ ?" महेसा ने सरलता से कह दिया।

पर पारबती के चेहरे पर काले बादल-से छा गए थे, उसका दिल धक्-से रह गया था, बहुत धीमे स्वर में बोली, "असगुन हो गया," और आँचल में मुँह छिपाकर रो पड़ी।

और पारबती उस दिन भविष्य के आशंकामय परिणामों को सोचकर रोई थी····बिलकुल वैसे ही करुणापूर्ण और असहायता से भरी उसकी आवाज़ जच्चा-बच्चा अस्पताल में थी····

महेसा को सब-कुछ याद आता है। यह कैसे होता है कि आदमी हमेशा एक ही तरह से रोता है !....पारबती की वह आवाज़ उसे भूलती नहीं, जब उसने अस्पताल के पलंग पर पड़े हुए महेसा को अपने पास बुलाया था, 'इतने दिन चढ़ गए हैं, डाक्टरनी कहती हैं कि चीरा लगाना पड़ेगा !' पारबती का रोम-रोम जैसे काँप रहा था चीरे का नाम सुनकर। आँखों में आँसू भरकर उसने महेसा की बाँह पकड़ ली थी और बड़े ही दर्द-भरे स्वर में कहा था, 'अब मेरा कोई ठिकाना नहीं, पता नहीं ईश्वर को क्या मंज़ूर है !'

'दिल छोटा क्यों करती हो पारबती ? तुम जीती-जागती घर पहुँचोगी।....मैं मंदिर बनवाऊँगा और मुसाफिरों के लिए धरमसाला !....'

लेकिन पारबती जीती-जागती घर नहीं पहुँची। बच्चा पेट में मर गया था और ऑपरेशन के बाद भी उसकी बिगड़ती हालत को अकेली डॉक्टरनी सँभाल नहीं पाई थी।....सारा शरीर नीला पड़ गया था, पारबती के शरीर में ज़हर फैल गया था।

और महेसा को पारबती का हलका नीलापन लिए शरीर ठीक वैसा ही लगा था, जैसाकि उस दिन चाँदनी में उसने देखा था। पारबती की साँसें धीमी पड़ती जा रही थीं, वह एकदम निश्चिंत लग रही थी, और उसने महेसा को पास बुलाकर कहा था, 'अब मंदिर ज़रूर बनवा देना, पारबती मंदिर !'

मंदिर ! सोचकर ही महेसा का कलेजा फट गया था। आखिरी आस थी उसे, चीखकर बोला था, 'ऐसा मत कहो पारबती ! बच्चा मर गया तो क्या हुआ, तू तो जीती-जागती है !'

'मुझे देख लो, अच्छी तरह देख लो !' पारबती की आँखों से आँसुओं की धार बह-बहकर कानों के पास से होते हुए नीचे गिर रही थी।....फिर ....फिर उससे नहीं देखा गया, जैसे पारबती के प्राण खिंच रहे थे और फिर पारबती के निचले होंठ सूखकर चटक गए थे।....

महेसा की दुनिया वीरान हो गई और वीरानापन देखकर आदमी पगला जाता है।

बस्ती के आदमियों का यही कहना था कि महेसा पगला गया। जो आदमी आदमी का खयाल नहीं करता, वह पागल नहीं तो और क्या है ? आदमी के दुःख-दर्द को जो नहीं समझता, उसे और क्या कहा जाए ? महेसा, वह मुक्त और निश्चिंत महेसा, एकदम बदल गया था !

उसे सिर्फ पैसे की फिक्र थी। पारबती का फैला हुआ रुपया वह बड़ी कड़ाई से वसूल कर रहा था।....घर का अकेलापन उसे काटने दौड़ता।.... इतना प्यार पाकर अब जैसे उसकी आदत बिगड़ चुकी थी।

लोगों ने कहा, "महेसा पंडित, दूसरी सादी कर लो। इतना रुपया-पैसा किस काम आएगा ? आस-औलाद भी तो नहीं !"

महेसा ने जवाब दे दिया, "पारबती के बराबर कोई मेरा खयाल करे तो सोचूँ

भी····नहीं, तो भी न सोचूँ। गलत बात बोल गया।····बेकार का मखौल मत किया करो! अब बूढ़ा हो चला।"

यों पारबती से दस बरस छोटा था महेसा, पर पारबती की मौत के बाद वह उससे दस बरस बड़ा लगने लगा। कनपटियों पर तीन ही बरस में सफेदी आ गई। और गरदन के नीचे की खाल झुर्रियों से भर गई। सचमुच, आदमी बूढ़ा नहीं होता, वक्त उसे बूढ़ा बना जाता है।

सूने घर में महेसा आठ-आठ आँसू रोता और उसे पारबती की एक-एक बात याद आती····चीज़ें देखता तो आँखों में आँसू भर आते····वह टीन का बक्सा, जिसमें उसके कपड़े रहते थे····और जिसमें पारबती अपने रुक्के और रुपए भी रखती थी····संदूक के ऊपर वाली कील में किनारी में बँधी चूड़ियों का लच्छा देखकर वह उस दिन रो पड़ा था।····एक-एक चूड़ी उसने पहचानी थी····कौन किस मेले में पहनाई थी उसने····और दूसरा जोड़ पहनने के वक्त उसने कब-कब इन चूड़ियों को उतारा था····भरी आँखों से वह देखता रहा।····घर का सूनापन उसे अब काटने दौड़ता।····दीवार पर सगनौती की लकीरें बनी देखकर उसे फिर कुछ याद आया····जब एक बार वह दो दिन के लिए कहकर चार दिन बाद लौटा था, शायद तभी पारबती ने गेरू से यह सगनौती उठाई होगी····वह जो कुछ करती थी उसमें सिर्फ उसी के लिए तो सब कुछ था, और कौन था उसका? न पारबती का कोई था और न अब महेसा का कोई रह गया है!····

और जब वह जगन नाई के घर धरना देके बैठ गया कि आज हिसाब मय मूल-ब्याज के चुकता करके उठेगा, तो उसकी औरत ने भीतर से उकराकर कहा, "पंडित, तुम तो इतने ज़ालिम हो कि किसी की पत नहीं देखते!····पारबती चाची मुँह से चाहे जितना बिगड़ें, पर आदमी की मरजाद और इज़्ज़त का तो खयाल करती थीं····"

"ये सब हम नहीं जानते! हम रुपया लेके उठेंगे आज! पूरा सौ रुपया है मय ब्याज के!" महेसा ने कड़कती आवाज़ में कहा और चोटी की गाँठ खोल ली।

जगन नाई बहुत गिड़गिड़ाया, "महाराज, घर की नींव खुदवा लो तो भी इस बखत पच्चीस से एक पाई ज़्यादा नहीं निकलेगा।····थोड़ी-सी मोहलत और मिल जाए!"

आखिर चार भले आदमियों ने आकर जब बहुत समझाया तो महेसा किसी तरह राम-राम करके उठा।

कुछ दिनों महेसा, जो अब महेस पांडे के नाम से पुकारा जाता था, बस्ती से चला गया। सुना, चुनार-मिर्ज़ापुर की तरफ पत्थर की तलाश में गया है। कर्ज़दारों ने सुख की साँस ली, पर वह पंद्रह दिन के भीतर-भीतर लौट आया। चौधरी के बाग में बैठकर बता रहा था, "पारबती मंदिर के लिए सामान देखने गया था। मूरत जयपुर से बनवाऊँगा।"

लोगों का कहना था कि सोना-चाँदी मिलाकर कुल आठ-दस हज़ार की पूँजी है उसके पास। और जो दबा-दबाया हो सो अलग। इस बीच उसने काफी बकाया रुपया वसूल कर लिया था।

धीरे-धीरे रुपए की उसकी तृष्णा भरती-सी लगी। हाफिज़जी की दुकान से गुज़रता तो आवाज़ सुनकर कह देता, "अब क्या करूँगा बैठके हाफिज़ मियाँ ?····पहनने-ओढ़ने वाली तो चली गई।"

एक दिन हाफिज़जी ने उसे हाथ पकड़के बैठा लिया। बैठे-बैठे बात चल निकली, "सुना, मंदिर बनवाने की फिकर में हो !"

"बस, यही एक काम करना है हाफिज़जी ! किसी तरह मंदिर और एक छोटी-सी धरमसाला बन जाए, तो मन को शांति मिले। पारबती यही कहती-कहती मरी थी।"

"यह तो धरम का काम है। बनाने खड़े होगे तो दस आदमी हाथ बँटाएँगे। तुम शुरू तो करो।" हाफिज़जी ने उसकी उदास नज़रें देखकर तसल्ली दी, "कभी ज़रूरत पड़े तो दस-बीस रुपए हमसे भी ले लेना।"

"रुपया पूरा नहीं है। लोग समझते हैं मेरे पास खत्ती खुदी है। पर सच हाफिज़जी, कुल चार हजार है, इतने में तो सीमेंट भी नहीं आएगा।"

ग्राहक आया देख हाफिज़जी भी उधर उलझ गए और महेस पांडे उठकर चल दिए। ऐसे ही एक दिन वे बस्ती की तरफ से घर जा रहे थे कि झीलवाले रास्ते पर कुछ लोग दिखाई पड़े। उसके पैर उधर ही उठ गए। कुछ सैलानी थे, चार मर्द और दो औरतें। औरतें सुंदर तो नहीं थीं, लेकिन फिर भी वह उनके पीछे-पीछे चल दिया। काफी दिनों बाद आया था वह इधर।

नीली झील खामोश थी। किनारों पर गीली आँखों की तरह नमी थी और घास की टहनियाँ हवा के साथ धीरे-धीरे पानी को सहला रही थीं। नरकुल की लंबी पत्तियाँ पक्षियों की कलंगी की तरह काँप रही थीं और पानी में डूबी सिवार के सूतों से मछलियों के बच्चे कतरा-कतराकर निकल रहे थे। वह किनारे आकर बैठ गया। पानी के नन्हे-नन्हे बबूले नीचे से ऊपर सतह तक आए, तो लगा किसी मछली ने मोती उगल दिए हों। जलचरों की बारीक आवाज़ें झील के पानी में गूँज रही थीं और ऊपर पेड़ों पर पक्षियों के पंखों की सरसराहट और सीटियों की मद्धम आवाज़ें थीं।

काले सिर और श्वेत वक्षवाली गंगाकुररी की हलकी-सी सीटी उसके कानों में पड़ी। आँखें उधर अटक गईं। झील के ऊपर वह चक्कर काट रही थी, कुछ इस तरह, जैसे उसे चक्कर में उड़ाने वाला अदृश्य डोरा किसी के हाथों में हो और वह बस घूमती ही जा रही हो। वह जानता है कि गंगाकुररी पेड़ पर नहीं बैठेगी। तभी वह तीर की तरह पानी के ऊपर गिरी और एक चमकदार मछली उसकी लंबी चोंच में थी।

तभी संगीत की आवाज़ उसके कानों में पड़ी। आए हुए सैलानी लोग कुछ गा-बजा रहे थे। नीली झील के शांत पानी पर उनके स्वर तैरते हुए दूर तक जा रहे थे। उसे बड़ी शांति मिली।

फिर सवनहंसों का एक झुंड अपने राग का स्वर मिलाता हुआ झील के दूसरे किनारे पर उतर पड़ा और दो-चार हंस गेहूँ और चने के खेत में घुसकर अंकुर खाने

लगे। गरदन उठा-उठाकर वे ऐसे देख रहे थे, जैसे अजनबी हों, और सचमुच वे अजनबी ही हैं। महेस पांडे का मन न जाने क्यों भर आया! ये सवनहंस कब आए हैं, चार-पाँच महीने रहकर पारबती की तरह चले जाएँगे, या फिर किसी शिकारी का शिकार हो जाएँगे, जैसे पारबती हो गई। इनके खूसर पंख खून की लकीरों से टँग जाएँगे और इनके परों को पकड़कर शिकारी ऐसे लटका ले जाएगा जैसे मुर्दा पारबती को अस्पताल के भंगी पलंग से उठाकर उस सूने बरामदे में ले आए थे।....

तभी करकर्रा बोला, सफेद कलंगी की शान में वह गरदन लपकाता हुआ चला जा रहा था। शायद आरामदेह रेतीली ज़मीन खोज रहा है करकर्रा।....फिर एक भयंकर धड़ाके की आवाज़ से वह चौंक उठा। बाईं ओर फैले दलदल से सारसनी की तुरही-सी तेज़ चीख आई और गूँजती रही। वह बार-बार चीख रही थी और सारस अकुलाया-सा कुछ ऊपर चक्कर काट रहा था। कभी वह दलदल में उतरकर चीखता, कभी लंबे-लंबे डग भरके इधर-उधर लपकता और वैसी ही तेज़ आवाज़ में चीखने लगता। गिरी हुई सारसनी की आवाज़ फट गई थी और उसकी गरदन कुचले हुए साँप की तरह तड़फड़ा रही थी।

सवनहंसों का झुंड तट से भागकर खेतों में चला गया।....अभी-अभी कुछ क्षण पहले का स्वप्निल वातावरण एकदम भयानक हो उठा था। झील का पानी सीमा में बद्ध, जैसे थर्रा रहा था और भीगे किनारों पर निर्जीव स्वर टकरा रहे थे। पेड़ों में अभी-अभी सनसनाहट भर गई थी। दलदल में घायल पड़े सारस को उठाकर लाने की हिम्मत नहीं पड़ी रही थी किसी की।

महेस पांडे ने पास आकर उन सैलानियों को देखा। उसे उम्मीद थी कि पारबती की तरह ऐसे क्षण में इन औरतों की आँखों में पानी डबडबा आया होगा, पर उनमें तो शिकारी के निशाने की प्रशंसा भरी थी।

वह घर लौट आया। रात-भर उस अकेले घर में उसे बार-बार वही तेज़ आवाज़ सुनाई भी पड़ती रही। फिर जाने कहाँ से अस्पताल में चीखती पारबती की आवाज़ें आने लगीं।....सुबह होते ही उससे नहीं रुका गया। वह सीधा झील पर पहुँचा। झील के ऊपर का धुआँ धीरे-धीरे साफ हो रहा था। कांद का जोड़ा किनारे पर बैठा काई खा रहा था। झील के शांत सौंदर्य ने उसे इस क्षण बिलकुल प्रभावित नहीं किया। उसके पैर दलदल की ओर बढ़ रहे थे। सारस उसे दिखाई दिया। वह मृत पड़ी सारसनी के पंखों में चोंच गड़ा-गड़ाकर उसे जगा रहा था शायद, और जब सारसनी नहीं जगी, तो वह विलाप करता झील की ओर चला आया।

वहीं पेड़ के नीचे बैठकर वह देखता रहा—मानसरोवर और कैलास से आए देवहंसों को, जो गंधर्वों के देश से आए थे, प्रवास के लिए....कोमल और पवित्र पक्षी!....हलकी किरणों में सोनापतारी के स्वर्ण-पंख चमचमा उठे। उसका मन उदासी से भर गया। इन परदेसी पक्षियों से क्या नाता जोड़ना! बैठे-बैठे जब वह ऊब जाता, तो

बस्ती की ओर चला आता।

बस्ती में नाप-जोख होने लगी तो लोगों को विश्वास हुआ कि अब बिजली लग जाएगी। महेस पांडे ने भी हाँ में हाँ मिलाई, "सुना, उत्तर तरफ बहुत बिजली पैदा की जा रही है, वहीं से यहाँ आ रही है।"

तभी मुनादीवाला ऐलान करता सुनाई पड़ा, "बहुकुम चियरमन साहब के चुंगी की कुछ ज़मीनों का नीलाम बतारीख चार जनवरी सोमवार को चुंगी अहाते में सबेरे आठ बजे से होगा।····ज़मीनों के नकसे दफ्तर चुंगी में खरीदारों के लिए लगे हैं!····हर खास व आम को खबर दी जाती है कि····" और मुनादी वाले ने तबले पर बाँस की खपच्चियों से चोट की और आगे बढ़ गया।

चार जनवरी के लिए अभी बीस दिन थे। महेस पांडे के दिमाग में चबूतरे के पास वाली ज़मीन घूमने लगी। चुंगी को बिजली के लिए रुपए की ज़रूरत है और उसे उस ज़मीन की धरमशाला के लिए।

मंदिर और धरमशाला की बात को लेकर वह सभी के पास पहुँचा, "धरम का काम है। सबसे ज़्यादा रुपया हम लगाएँगे, कुछ मदद आप लोग करें। धरमसाला पंचायती कर दी जाएगी। आप लोग दस-दस, बीस-बीस रुपए से भी मदद करें तो यह कारज हो सकता है।"

मारवाड़ी मिल वालों ने एकमुश्त पचास रुपया दे दिया, लेकिन उसका खाता डाकखाने में खुलवा दिया। महेस पांडे ने तीन हज़ार रुपया भी उसी खाते में जमा कर दिया। इन बीस दिनों के बीच वह घर-घर घूमा। मुख्तारों के पास गया, हलवाइयों और वैद्यों के पास गया, कपड़े के आढ़तियों से लेकर अंग्रेज़ी डॉक्टरों तक पहुँचा और कुल मिलाकर एक हज़ार रुपया और जमा हो गया।

सबकी आँखों में महेस पांडे का रुतबा और सम्मान एकाएक बढ़ गया था। अब सिर पर वह गेरुआ साफा बाँधने लगा था और हाथ में लाठी लेकर चलता था। शरीर कुछ शिथिल हो रहा था।

लेकिन इस ढलते शरीर के साथ भी वह दिन-भर घूमता और अपने साफे में किसी चिड़िया का गिरा हुआ सुंदर-सा पर कलगी की तरह खोंस लेता। चुंगी दफ्तर में जाकर वह नक्शे भी देख आया था। नीलाम का दिन पास आ रहा था, और जैसे-जैसे वह दिन निकट आता जाता, महेस पांडे की उदासी और बढ़ती जाती।

झील पर शिकार खेलने के लिए आदमियों की बहुत-सी टोलियाँ इस बीच आईं और गईं, और अपने घर पर बैठे या बस्ती में घूमते हुए उसने जब-जब चीत्कार सुने और साहब शिकारियों को नरम परवाली चिड़ियों को लटकाए ले जाते देखा, तब-तब उसे पारबती की याद आई बेतरह। उसकी हालत भी तो उस सारस के जोड़े की तरह ही थी····

घर में लेटता तो उड़ते पक्षियों के नरम, कोमल परों की सरसराहट उसे महसूस होती,

जैसे पारबती केलासन की धोती पहने अदृश्य रूप से गुजर गई हो।....पर्वतों से आए मेहमान पक्षियों के सफेद और सेमल की रुई-से सजीले पंख और पारबती के सफेद दाँत !

सुबह उठा तो मन नहीं लगा और वह शांति पाने के लिए झील की ओर चला।

झील पर पहुँचकर अपनी लाठी से वह काई को छितराता रहा। सिवार के सूतों को उलझाकर उसने निकाला, नन्हे-नन्हे बीज चुनकर मुँह में डाल लिए और उठकर उधर चला गया, जिस ओर जलमंजरी खिली हुई थी। जलमंजरी के पास से ही दलदल शुरू हो जाता था। नारी की बेल पानी में तारों की तरह बिछी हुई थी और गाँठों के पास नन्हे-नन्हे घोंघे चिपके हुए थे। सूत-सी सफेद नन्ही-नन्ही जड़ें मछली के उजले पंखों की तरह धीरे-धीरे काँप रही थीं। दलदल में घुसकर उसने जलमंजरी के फूल तोड़े और गुच्छा बनाकर लौटने लगा।

सोनापतारी का झुंड रात-भर चारा खाकर उड़ने ही वाला था कि एक गोली उस पार से छूटी और उड़ते सोनापतारी के झुंड में से एक पक्षी बिलबिलाकर छप्प-से झील के बीचोबीच गिर पड़ा। उसके सोने-से पंख पानी पर छितरा गए और नीली झील के खामोश पानी पर एक हलचल हुई। एक क्षण बाद ही लाल खून की एक पतली-सी लकीर पानी पर खिंची और सोनापतारी तैरती हुई उस पार जाने की कोशिश करने लगी। उसके नरम पर फड़फड़ा रहे थे और पानी पर खून की लकीर उसका पीछा कर रही थी।

झुरमुट में से शिकारी निकले। उन्होंने देखा। पर वह पक्षी तैरता हुआ उस किनारे निकलकर किसी झाड़ी में दुबककर खामोश हो गया। शिकारियों ने बहुत खोजा पर पक्षी नहीं मिला। झील पर मिटती हुई लकीर के बीच एकाध पंख पड़ा था।

उसका मन उचाट हो गया। जलमंजरी के फूलों को वहीं फेंककर वह लौट आया।

पारबती की याद उसे फिर आई और नीलाम वाले दिन उसने तीन हज़ार की बोली लगाकर चबूतरे के पास वाली ज़मीन नहीं, दलदली नीली झील खरीद ली। लोगों की आँखें फट गईं। इसका दिमाग तो खराब नहीं हो गया ?

"मंदिर का नाम लेकर इसने धोखा दिया है। रुपया हज़म कर गया है।"

लेकिन उसने किसी को कुछ भी जवाब नहीं दिया, और मन में लगता कि अब तो वह पारबती को भी जवाब नहीं दे सकता। उसके पास जवाब है ही क्या ?

फागुन आते-आते मेहमान पक्षी उड़ गए। सवनहंस चले गए, सफेद सुरखाब अपने पुराने घरों में लौट गए। मुअर, संद, करकर्रा और सरपपच्छी भी चले गए।....झील बहुत सूनी हो गई थी, पर महेस पांडे को विश्वास था कि ये फिर हमेशा की तरह अपने झुंडों के साथ कातिक-अगहन तक वापस आएँगे।

महेस पांडे लिखना-विखना तो जानता नहीं था, बस झील वाले रास्ते के पहले पेड़ पर उसने एक तख्ती टाँग दी थी, जिस पर उसने लिखा था, यहाँ शिकार करना मना है। और नीचे की पंक्ति थी, 'दस्तखत नीली झील का मालिक, महेस पांडे।'

इंतज़ार

रात अँधेरी थी और डरावनी भी। झाड़ियों में से अँधेरा झर रहा था और पथरीली ज़मीन में जगह-जगह गढ़े हुए पत्थर मेंढकों की तरह बैठे हुए थे। बिजिलांते के बूटों की आवाज़ से दहशत और बढ़ जाती थी। हवा हमेशा की तरह वीतराग थी····लोगों में सनसनी या दहशत दौड़ जाती है पर हवा उसी तरह खामोश आवाज़ में गाती, सरसराती रहती है। हवा की आवाज़ तभी टूटती है जब बिजिलांते टीम के बूट रेत या धूल के कार्पेट पर सप्-सप् करते हैं या मेंढकनुमा बैठे छोटे-छोटे पत्थरों से टकरा जाते हैं····

पेरीज़ शहर के फ्रीटाउन इलाके के बाहर तुमाहोल की बस्ती जाग रही थी। लेकिन घरों में रोशनी नहीं थी। बिजिलांते के बूट रोशनी से बहुत घबराते हैं····जहाँ भी कोई रोशनी टिमटिमाती है तो वे उसे बुझाने के लिए, उस पर धावा करने के लिए दौड़ते हैं, लेकिन वे पत्थरों से घबराते हैं····या तो पत्थरों से उनके बूट टकराते हैं या पत्थर आकर उनकी कनपटी पर पड़ते हैं।

मेंढकों की तरह ज़मीन पर बैठे हुए पत्थर रात में कैसे उड़ने लगते हैं, यह रहस्य बिजिलांते की गश्ती टुकड़ियों की समझ में नहीं आता था।

इसीलिए गश्त वाले एक सिपाही ने पादरी के सामने कहा था—रात में यह पत्थर उड़ते हैं····होली फादर! यह दैवी आपदा है····हमें जब फ्री टाउन इलाके के बाहर तुमाहोल की इस बस्ती में भेजा गया तो यह नहीं बताया गया था कि यहाँ भूत-प्रेत रहते हैं····हमसे कहा गया था— तुमाहोल में निगर्स रहते हैं····लेकिन यहाँ तो पत्थर उड़ते हैं····

झोंपड़ीनुमा चर्च में जलती मोमबत्तियों की रोशनी में काला पादरी मुस्कराया था—माई सन! तुमाहोल भूत-प्रेतों की बस्ती नहीं है····शैतान ने कहीं और जन्म लिया है····शैतान को पहचानो····तुम्हें शांति मिलेगी!

सिपाही अपनी सूजी आँख और कनपटी सहला रहा था। उसने अपनी नाक साफ की तो खून के कतरे देखकर वह घबरा गया था।

अस्पताल के डॉक्टर ने रिपोर्ट दी थी कि कैडिट थ्री-ज़ीरो-वन दिमागी रूप से कमज़ोर है। ताज्जुब है कि इस जैसे कायर को बिजिलांते में चुना गया। इसके दिमाग में भूत-प्रेत भर गए हैं और इसे पत्थर उड़ते हुए दिखाई देते हैं····अगर रानी के राज्य और गोरी सभ्यता की हमें रक्षा करनी है तो थ्री-ज़ीरो-वन जैसे कायरों और अंधविश्वासियों से भी हमें अपनी रक्षा करनी होगी!

चीफ वह रिपोर्ट देखकर भड़क उठा—इज़ इट ए ब्लडी मेडिकल रिपोर्ट? डॉक्टर

तक हमें राजनीतिक रिपोर्ट देने लगे हैं····तुम घायलों की रक्षा करो····गोरी सभ्यता की रक्षा के लिए हम तैनात किए गए हैं !

लेकिन यह तो बहुत बाद की बात है। वह रात तो बहुत अँधेरी थी जिसमें स्तोम्पी सीपी ने तुमाहोल की बस्ती में पहला पत्थर उठाया था। हुआ यह था कि घर पर, दो कमरों की फूस की झोंपड़ी को अगर घर कहा जा सके तो उस घर पर सौतेले बाप ने उसकी माँ को बहुत मारा था। इल्ज़ाम यह था कि स्तोम्पी सोवेतो में चल रहे विप्लव में शामिल हुआ था। सौतेला बाप उसकी माँ को पीटते हुए चीख रहा था—आज़ादी और बराबरी मैं भी चाहता हूँ····पर उसके लिए यह ज़रूरी नहीं कि जान खतरे में डाली जाए ! तू कितना ईंधन चूल्हे में डालती है ? बता ! ज़रूरी है कि सारा ईंधन एक बार ही डाल दिया जाए ? बता और तेरा यह स्तोम्पी ! बारह बरस का छोकरा स्तोम्पी—वहाँ—सोवेतो के विप्लव में शामिल होने गया था····खुद ही नहीं, छोटे भाई को भी साथ ले गया था।

माँ सिसक रही थी····बाद में उठकर वह खाना परोसने लगी थी। उसने दोनों बेटों को आवाज़ लगाई····पर स्तोम्पी का मन उचट चुका था। सिवा कुछ बर्तनों की आवाज़ के और कोई आवाज़ उस रात के पहले पहर में नहीं थी।

बस, रात बहुत अँधेरी थी और माँ के मार खाने के बाद डरावनी भी हो गई थी। झाड़ियाँ और झुरमुट सुस्ताते हाथियों की तरह अँधेरे में हाँफ रहे थे कि तभी बाज़ार के कॉफे से मिरियम मकेबा की आवाज़ आई थी····मिरियम मकेबा के गीत के शब्द वीतराग हवा पर तैरते आए थे····ज्यूकबॉक्स में किसी ने सिक्का डाला होगा ! स्तोम्पी सीपी को मिरियम मकेबा की आवाज़ और गीत बहुत पसंद हैं। जब भी कोई लड़का सिक्का हाथ में लेकर अपनी पसंद का गीत ढूँढ़ता तो स्तोम्पी सीपी उसे मिरियम मकेबा का गीत सुनने के लिए प्रेरित करता····उसके पास तो पैसे होने का सवाल ही नहीं उठता था। मिरियम मकेबा के गीत पर वह दिल खोलकर नाचता था····कॉफे के लोग भी उसके नाच में रम जाते थे और कभी-कभी खुद उठकर भी नाचने लगते थे।

उस रात कॉफे से गीत की आवाज़ आई तो स्तोम्पी चुपचाप बाज़ार की ओर निकल गया। वंह गीत उसे खींच रहा था। रास्ते तो उसके लिए जाने-पहचाने थे। और फिर वे इतने ऊबड़-खाबड़ भी नहीं। वह तो तुमाहोल में ही पैदा हुआ था पर दूसरे मोहल्ले में रहता था। जब उसका बाप मरा तो वह पाँच साल का था। फिर माँ ने दूसरी शादी कर ली तो वह इस मोहल्ले में चला आया।

कॉफे में पहुँचकर स्तोम्पी ने देखा—कोई सात-आठ लोग जमा थे। उनमें से दो को उसने पहचाना। वे सोवेतो के विप्लवी दिनों में उसे दिखाई दिए थे। वह तो यूँ ही घूमता-घामता वहाँ पहुँचा था····उसे पता भी नहीं था कि विप्लव क्या होता है····लेकिन उसने देखा था····तमाम लोग एक तरफ थे और कुछ लोग दूसरी तरफ। मेन स्ट्रीट पर भीड़ बढ़ती ही जा रही थी। वैसे तो दुकानें बंद थीं पर जो खुली थीं, वे तड़ातड़ बंद

होती जा रही थीं···लोग घरों से निकलकर नदी की तरह मेन स्ट्रीट पर उमड़ रहे थे···और विजिलांते के दस्ते बंदूकें ताने शिकारियों की तरह तैयार खड़े थे, स्तोम्पी की समझ में तब कुछ-कुछ आने लगा था। उसका सौतेला बाप डरी-डरी आवाज़ में इन्हीं दस्तों की बात किया करता था···माँ को मारने के बाद वह खुद रोया करता था और बाद में उसे समझाता था कि डर के कारण उसके भीतर गुस्से का भूत जागता है···

"तुम्हें खदानों से डर लगता है?" माँ तब पूछती थी—"खदानों के अंदर के अँधेरे से डर लगता है?

"नहीं···खदान में किस बात का डर! वहाँ तो बहुत आराम है, लेकिन धरती पर आते-आते जब बूटों की या गालियों की आवाज़ सुनाई देती है, तब डर लगता है।" सौतेला पिता तब बताता था।

"गालियाँ कौन देता है? ठेकेदार?" माँ आगे पूछती।

"नहीं···ठेकेदार तो पैसा और शाबाशी देता है···अगर दिन-भर में पच्चीस ट्रॉली बजरी हमने काट ली तो वह साथ बैठकर कॉफी भी पिलाता है···गालियाँ तो विजिलांते के सिपाही देते हैं!" पिता बताता था।

"लेकिन तुम्हारा ठेकेदार तो गोरा है!"

"तो उससे क्या हुआ। हर गोरा तो कामचोर या बदमाश नहीं होता···हमारा ठेकेदार हमसे काम लेना और हमें खुश रखना जानता है।"

"तो सिपाही गालियाँ क्यों देते हैं?"

"उन्हें शक है कि हमारी खदानों में विद्रोही शरण पाते हैं···वे विजिलांते से बचने के लिए खदानों में छुप जाते हैं और हम मज़दूर लोग उन्हें पनाह देते हैं!"

"लेकिन तुम्हारे पास तो मज़दूर होने के परिचय-पत्र रहते हैं। क्या वे सिपाही तुम्हें नहीं पहचानते?"

"हमें सिर्फ नंबर से पहचाना जाता है···अगर नंबर एकदम न बोला, या याद करने में देर लगी तो च्यूइंगम खाते विजिलांते का बूट हमारे···"

"धीरे बोलो···जगह बताने की क्या ज़रूरत है कि बूट कहाँ पड़ता है···कुछ तो लिहाज़ करो···बच्चे जाग रहे हैं!"

"क्या बोली!" पिता गुर्राया था।

"कहा न, धीरे बोलो!"

"हरामज़ादी! यहाँ भी धीरे बोलने को कहती है। तेरे एक लात लगाऊँ वहाँ पर···वहीं पर···जहाँ ···जहाँ मेरे पड़ी थी।"

और पिता ने दो-तीन लातें माँ के मार दी थीं···माँ एकदम चीखकर कराहने लगी थी···और फिर पिता बिलख-बिलखकर रोने लगा था···माँ को सँभालने लगा था···फिर माँ ने खाना परोसा था। रेती के केकड़ों का शोरबा और जौ की रोटी, जो वह तीन दिन पहले नानबाई की दुकान से लाई थी।

रेती के केकड़े पकड़ने में स्तोम्पी माहिर था। अगर हवा न चल रही हो तो रेती पर उनके चलने के निशान कुछ देर बने रहते हैं। और फिर वे छेद तो दिखाई ही पड़ जाते हैं जिनमें वे टेढ़े होकर घुस जाते हैं···वे सागर के केकड़ों की तरह काले नहीं होते, वे रेत की तरह ही शर्बती होते हैं···कभी-कभी तो किसी छेद को खोदने से केकड़ों की पूरी बस्ती ही मिल जाती है···भयातुर केकड़े तब भागते हैं···कुछ रह जाते हैं, कुछ रेत में रास्ते बनाकर भीतर छुप जाते हैं।

उस रात खाने के बाद पिता ने माँ को सीधा लिटा लिया था और उसकी दोनों टाँगों को फैलाकर वह उस जगह को सेंकता रहा था—जहाँ उसने माँ को मारा था। और खुद भी अपनी उस जगह को सेंकता रहा था जहाँ उसे विजिलांते ने मारा था।

सेंकने के लिए पिता ने लैंप की लौ बहुत ऊँची कर ली थी, इसी से लैंप का शीशा चटक गया था तो माँ ने उसे कोसा था—"दर्द तो ठीक हो जाएगा लेकिन यह शीशा कहाँ से आएगा?"

लंबी लौ के कारण शीशा तो उनके शरीर की तरह काला पड़ गया था, लेकिन उसकी चटकन ब्लेड की धार की तरह चमकने लगी थी।

सुबह अपने पिता को बिना बताए स्तोम्पी खदानों के इलाके में गया था···यूँ ही घूमता हुआ, पास जाने की हिम्मत तो नहीं थी···खदानों के अलग-अलग इलाके चहारदीवारियों या कँटीले तारों से घिरे हुए थे···गेट पर नए मज़दूर भर्ती के लिए खड़े थे···अपने-अपने सिटिज़न पास लिए हुए। संतरी उनको रोके हुए थे।

स्तोम्पी पास तक तो नहीं जा सका इसलिए वह एक टीले पर चढ़कर देखता रहा था···खदानों के मुहाने छोटे-छोटे छेदों की तरह दिखाई दे रहे थे और उनमें उतरने वाले मज़दूर केकड़ों की तरह ही गायब होते जा रहे थे। कटी हुई बजरी लेकर आने वाली ट्रालियाँ तो बहुत बाद में ऊपर आती हैं। मज़दूर तो केकड़ों की तरह नीचे ही छिपे रहते हैं।

लेकिन उस दिन स्तोम्पी ने मेन स्ट्रीट में लोगों को धरती के ऊपर देखा था। तब वह कुछ-कुछ समझ सका था और तभी अपने सौतेले पिता के प्रति उसके मन में कुछ अपनापन-सा उभरा था···

और तब स्तोम्पी ने विजिलांते के शिकारी सिपाहियों को आँख उठाकर देखा था···और दौड़कर भीड़ के आगे खड़ा हो गया था। उसे देखकर तमाशबीन बच्चे भी धीरे-धीरे भीड़ के आगे आ गए थे और उमड़ती नदी की पहली लहर की तरह विजिलांते के दस्तों के सामने खड़े हो गए थे।

विप्लवी आंदोलन के नेता ने चीखकर कहा था—"बच्चों को पीछे हटाओ! यह कहाँ से आ गए?"

तो उसी ने बुज़ुर्ग साथी से कहा था—"नहीं! ये दस-दस, बारह-बारह बरस के बच्चे हमसे ज़्यादा साहसी हैं। इनके पास केवल भविष्य है···इन्हें सिर्फ पाना है, कुछ

खोना नहीं ! हमारा वर्तमान हमें कायर बना सकता है····इन्हें नहीं····इनके पास केवल भविष्य है !"

और उसके बाद क्या हुआ यह तो स्तोम्पी को भी नहीं मालूम····उसे तो होश तब आया जब उसने अपने को डिटेंशन लॉकअप में पाया। मारकाट के बाद उसकी मरहमपट्टी कर दी गई थी, लेकिन उसके शरीर में जगह-जगह दर्द था। तब उसे घर का लैंप बहुत याद आया था और सपने में उसने देखा था—उसका सौतेला पिता उसे जगह-जगह उसी तरह सेंक रहा था जैसे उसने माँ को सेंका था। आँख खुली तो देखा—डिटेंशन वार्ड में अँधेरा था। वहाँ कोई लैंप नहीं था, और न कोई लौ····

दो महीने बाद स्तोम्पी को दो झापड़ मारकर छोड़ा गया। डिटेंशन कैंप का जेलर राउंड पर आया तो स्तोम्पी और दूसरे सात बच्चों को देखकर चीखा था—अबे गधो ! नाबालिगों को बंद करके रखा है, ब्रिटिश कानून ग्रेट-ब्रिटेन में चाहे नेस्तनाबूद हो चुका हो लेकिन प्रीटोरिया की सरकार मानव-अधिकारों और आधारभूत कानूनों की अभी भी रक्षा करती है····नाबालिगों को हम अदालत की आज्ञा बिना डिटेंशन में नहीं रख सकते ! इन्हें इसी वक्त रिहा करो····नहीं तो मानव-अधिकारों के हनन का कलंक हम पर लग जाएगा। इन्हें छोड़ो····आज़ाद करो····सफर के पैसे देकर इन्हें घर भेजो····अभी····फौरन····

और तब स्तोम्पी छोड़ा गया था। वह नहीं जानता था कि अब क्या करे ? घर जाए या यहीं रुक जाए ? उसे अंदाज था कि छोटे भाई ने घर लौटकर बता दिया होगा कि वह कहाँ है····

और यह बात दोनों को पता हो गई थी—माँ को भी और सौतेले पिता को भी, लेकिन दोनों एक-दूसरे से इस बात को छुपाते रहे थे—और स्तोम्पी के इस तरह गायब होने को उसके आवारा हो जाने का नाम देते रहे थे और यही उन्होंने विजिलांते के दस्ते से भी कहा था, जो स्तोम्पी को पूछते हुए आया था।

"जी ! उसका नाम स्तोम्पी सीपी है····उम्र बारह साल। वो मेरा सौतेला बेटा और मेरी पत्नी का बेटा है····वह शुरू से ही आवारा लग रहा है····घर से चीज़ें चुराकर भागता रहा है····जब भूखा मरने लगता है तो लौट आता है। इस वक्त हमें उसके बारे में कुछ भी पता नहीं कि वो कहाँ है ! लौटकर अगर आया तो हम आपके पास रिपोर्ट करेंगे। उसे आपके सामने हाज़िर करेंगे। उसने हमें बहुत परेशान कर रखा है····और साब ! हम तो वैसे ही बहुत परेशान लोग हैं····"

विजिलांते बहुत संतुष्ट होकर लौट गए—ही नोज़ हिज़ पास्ट। प्रेज़ेंट एंड फ्यूचर। हमने इन निगर्स को सभ्य बनाया, रोज़गार दिया और चर्च दिया। इन्हें इनका ईश्वर दिया।

और स्तोम्पी जब तुमाहोल में लौटकर आया तो वह पहले सीधे चर्च गया। काले पादरी ने उसे पहचाना और उसके सिर पर हाथ फेरते हुए कहा—"माई सन! जो मन और तन से आज़ाद नहीं है वो किसी भी धर्म का बंदा नहीं है।"

काले पादरी की बात स्तोम्पी समझ ही नहीं पाया। उसने उसी तरह आँखें फाड़कर काले पादरी को देखा जैसे उसने मेन स्ट्रीट में विजिलांते के दस्तों को देखा था।

वह झोंपड़ीनुमा चर्च से बाहर निकल आया था···मोमबत्तियों की रोशनी में काला पादरी बहुत संतुष्ट-सा मुस्करा रहा था।

दूर कॉफे से तभी मिरियम मकेबा की पुकारती आवाज़ आई थी और स्तोम्पी उस तरफ खिंचा चला गया था। ज्यूकबॉक्स में किसी ने सिक्का डाला था और मिरियम मकेबा की आवाज़ एकदम फूट पड़ी थी—

"आओ प्यार करो···
तन के क्षणिक अनुराग से नहीं···
वह भी ज़रूरी है···
लेकिन पहले धरती से प्यार करो···
इसके जंगलों, कछारों और हवा से प्यार करो···
जब तक जंगल, पहाड़ और हवा आज़ाद नहीं हैं
तब तक तुम्हारा तन भी आज़ाद नहीं है
नश्वर तन को आज़ाद करो···
आओ प्यार करो।···आओ प्यार करो!"

शब्द और अर्थ स्तोम्पी की समझ में नहीं आते थे पर मिरियम मकेबा की आवाज़ के अर्थों में एक कशिश थी···वह पुकारती आवाज़ उसे खींचती थी···

मिरियम मकेबा की आवाज़ के बीच उसे विजिलांते के दस्ते और काले पादरी के राहत देते वचन एक-से लगते थे। काले पादरी के वे वचन आज़ादी का आसरा देते हुए सहने और सहते जाने की सीख देते थे।

लेकिन यह उसके सौतेले पिता ने नहीं किया। उसने स्तोम्पी को बाँहों में लेते हुए इतना ही कहा—"स्तोम्पी बेटे! मैं वही चाहता हूँ जो तुम चाहते हो···लेकिन मैं तुम्हें खोना नहीं चाहता! तुम्हारी माँ भी तुम्हें खोना नहीं चाहती···जिस दिन तुम खो जाओगे···हम दोनों अजनबी हो जाएँगे! हम तुम्हारा खो जाना···तुम्हारा समाप्त हो जाना बर्दाश्त नहीं कर पाएँगे! तुम बच्चों की विप्लवी सेना में सबसे आगे हो··· लेकिन···"

इस लेकिन का उत्तर किसी के पास नहीं था। स्तोम्पी ने अपने सौतेले पिता से पूछा, "लेकिन?"

"लेकिन···यही कि तुम विप्लव···इस क्रांति के पीछे रहो! तुम अभी बारह साल के हो···बहुत बड़ी उम्र है तुम्हारे पास।"

"वे मुझे इसी उम्र पर रोके रखना चाहते हैं। वे मुझे इस उम्र से आगे बढ़ने नहीं देंगे।"

"स्तोम्पी ! तुम अपनी उम्र से ज़्यादा बड़ी बात कर रहे हो।" पिता चीखा था।

"अत्याचार और अन्याय सहने वालों की उम्र हमेशा बराबर होती है।" स्तोम्पी ने बुज़ुर्गों की तरह चीखकर कहा था—"मैं ज़्यादा नहीं जानता, पर जब आप माँ को मारते हैं तो मैं जानता हूँ वह मार कहाँ से आती है...."

और यही वह रात थी जो अँधेरी और डरावनी थी जब विजिलांते टीम के बूट रेत या धूल के कार्पेट पर सप्-सप् कर रहे थे और कभी-कभी मेंढकनुमा बैठे हुए छोटे-छोटे पत्थरों से टकरा जाते थे।

मेंढकों की तरह ज़मीन पर बैठे हुए यह पत्थर रात में कैसे उड़ने लगे थे, यह रहस्य विजिलांते के गश्ती दस्तों की समझ में नहीं आया था।

स्तोम्पी तो तब मिरियम मकेबा का गीत सुन रहा था....तभी एक आदमी दौड़ता आया था और उसने कॉफे के मालिक से हाँफते हुए कहा था—"बत्ती बुझा दो....वे आ रहे हैं !" कॉफे की बत्ती फौरन गुल हो गई थी और उस अँधेरे में कुछ लोग इधर-उधर निकल गए थे। ज्यूक बॉक्स से थोड़ी-सी हलकी रोशनी आ रही थी। आखिर वह रोशनी भी बंद कर दी गई और गीत की आवाज़ भी एकाएक बीच में टूट गई।

स्तोम्पी की समझ में कुछ नहीं आया कि वह क्या करे। अँधेरे में पड़ी एक बेंच पर वह बैठ गया था। तभी विजिलांते का एक दस्ता आया था....

उनके हाथों में खदानों की टार्चें थीं और वे कॉफे में लोगों को ऐसे तलाश रहे थे जैसे खदान में केकड़ों को तलाश रहे हों। अपनी जल्दबाज़ी में उन्होंने बाहर बैठे स्तोम्पी को नहीं देखा था। लेकिन कॉफे का मालिक उन्हें मिल गया था। यही बहुत था। उन्होंने कॉफे के मालिक को बुरी तरह पीटा था....बिजली के तार काट दिए थे, सारे बर्तन फोड़ दिए थे और ज्यूकबॉक्स तोड़ दिया था।

जब वे लौट रहे थे तो एक उड़ता हुआ पत्थर आया था....फिर बहुत-से पत्थर उड़ते हुए आए थे और कैडिट थ्री-ज़ीरो-वन की कनपटी से खून बहने लगा था। आँखें सूज गई थीं।

उनके पास जानकारियाँ थीं....कैडिट थ्री-ज़ीरो-वन को चौकी पर जमा करके वे स्तोम्पी के घर पहुँचे थे। उन्होंने बूटों से दस्तक देकर उसके पिता और माँ को जगाया था। छोटा भाई अँधेरे में दुबक गया था। एक ने आगे बढ़कर कहा था :

"स्तोम्पी को बाहर निकालो !"

खदान की टार्च हाथ में देखकर उसका पिता तो पहले यही समझा था कि ठेकेदार आया है....लेकिन इस वक्त तो वह कभी नहीं आता। पिता सब समझ गया था।

"स्तोम्पी तो घर में नहीं है ! वह खाने के वक्त भी नहीं था। पता नहीं कब कहाँ

भाग जाता है····एकदम आवारा हो गया है।"

"वो आवारा ही नहीं, खतरनाक हो गया है····उसने डेढ़ हज़ार बच्चों को पत्थर मारना सिखाया है।" विजिलांते का मुखिया चीखा था।

"यह तो वह बचपन से करता था।" पीछे खड़ी माँ ने दबी आवाज़ में कहा था—"बचपन में वह मेंढकों को पत्थर मारा करता था····तब भी वो बहुत शैतान था····"

"अब वो पूरा शैतान हो गया····डेविल! वो जब भी घर आए, हमारे हवाले कर दिया जाए। तुम रोज़ चौकी पर आकर हाज़िरी दिया करो····शाम होते ही!"

आदेश देकर विजिलांते लौट गए थे।

लेकिन उस दिन से स्तोम्पी घर नहीं लौटा। माँ कभी-कभी रोती थी—"उसे माँ की याद भी नहीं आती····सौतेला पिता भी पछताता था—वो कभी छुपकर मुझसे मिलने ही चला आता····"

लेकिन ऐसा कुछ नहीं हुआ। वही हुआ जो ऐसे में होता है। वह रात भी अँधेरी थी। विजिलांते के बूटों की आवाज़ से दहशत और बढ़ गई थी····फिर चर्च की झोंपड़ी के पीछे गोलियाँ चली थीं। काला पादरी घबराकर बाहर आया था। तुमाहोल की बस्ती को साँप सूँघ गया था।

बुरी तरह से घायल स्तोम्पी खून की मटमैली चादर पर तड़प रहा था।

डर से थरथर काँपती चर्च की बुढ़िया टीचर एक मोमबत्ती थामे पास आई थी और उसे देखते ही डरी आवाज़ में चीख पड़ी थी—"यह तो स्तोम्पी है! इस बच्चे को उन्होंने क्यों मार डाला!"

पादरी के चेहरे पर पूजा की उदासी थी।

बुढ़िया टीचर ने तब उसके पास बैठते हुए पादरी से कहा था—"स्तोम्पी के घर वालों को खबर कर दो····यह सिर्फ पाँच-सात मिनट का मेहमान है····"

"नहीं! किसी को खबर मत करो····" कराहते हुए स्तोम्पी बोला था। तब तक पादरी पवित्र चल ले आया था।

"खबर करना तो ज़रूरी है····" पादरी बोला था।

"नहीं!" टूटती आवाज़ में स्तोम्पी ने कहा था—"मेरी माँ सुनेगी तो रोएगी····उसे मत बताना कि मैं मारा गया हूँ। उससे यही कहना कि मैं····मैं डिटेंशन में हूँ····मुझे विजिलांते ने पकड़ लिया है····"

"माइ सन····" पादरी की आँखों में आँसू थे।

"मुझे चुपचाप यहीं कहीं दफना देना····मगर मेरी माँ····मेरे पिता को मत बताना····उन्हें यही बताना—मैं डिटेंशन में हूँ····तब वे रोएँगे नहीं, मेरा इंतज़ार करेंगे····"

"यस माई सन! जीसस क्राइस्ट ने भी यही कहा है—मैं मनुष्य का शरीर धारण करके फिर धरती पर आऊँगा····मेरा इंतज़ार करना····"

"मुझे जीसस क्राइस्ट का इंतज़ार नहीं है फादर····" कहते-कहते स्तोम्पी की आँखें

पथरा गई थीं।

बुढ़िया टीचर ने मोमबत्ती की काँपती लौ में और पास जाकर देखा⋯और कसमसाकर वहीं बैठ गई।

काले पादरी ने अँधेरे में ही क्रास बनाया।

रक्त की चादर पर स्तोम्पी पड़ा था।

उसकी पलकें बंद करने से पहले पादरी ने एक बार उसकी आँखों में देखा⋯तो बुढ़िया टीचर ने मोमबत्ती और पास कर दी। फिर उसने धीरे से बुदबुदा कर पूछा—"इसे किसका इंतज़ार था ?"

"पता नहीं !"

दिल्ली में एक मौत

चारों तरफ कुहरा छाया हुआ है। सुबह के नौ बज चुके हैं, लेकिन पूरी दिल्ली धुंध में लिपटी हुई है। सड़कें नम हैं। पेड़ भीगे हुए हैं। कुछ भी साफ नहीं दिखाई देता। ज़िंदगी की हलचल का पता आवाज़ों से लग रहा है। ये आवाज़ें कानों में बस गई हैं। घर के हर हिस्से से आवाज़ें आ रही हैं। वासवानी के नौकर ने रोज़ की तरह स्टोव जला लिया है, उसकी सनसनाहट दीवार के पार से आ रही है। बगल वाले कमरे में अतुल मवानी जूते पर पॉलिश कर रहा है····ऊपर सरदारजी मूँछों पर फिक्सो लगा रहे हैं····उनकी खिड़की के परदे के पार जलता हुआ बल्ब बड़े मोती की तरह चमक रहा है। सब दरवाज़े बंद हैं, सब खिड़कियों पर परदे हैं, लेकिन हर हिस्से में ज़िंदगी की खनक है। तिमंज़िले पर वासवानी ने बाथरूम का दरवाज़ा बंद किया है और पाइप खोल दिया है····

कुहरे में बसें दौड़ रही हैं। जूँ-जूँ करके भारी टायरों की आवाज़ें दूर से नज़दीक आती हैं और फिर दूर होती जाती हैं। मोटर-रिक्शे बेतहाशा भागे चले जा रहे हैं। टैक्सी का मीटर अभी किसी ने डाउन किया है। पड़ोस के डॉक्टर के यहाँ फोन की घंटी बज रही है और पिछवाड़े गली से गुज़रती हुई कुछ लड़कियाँ सुबह की शिफ्ट पर जा रही हैं।

सख्त सर्दी है। सड़कें ठिठुरी हुई हैं और कुहरे के बादलों को चीरती हुई कारें और बसें हॉर्न बजाती हुई भाग रही हैं। सड़कों और पटरियों पर भीड़ है, पर कुहरे में लिपटा हुआ हर आदमी भटकती हुई रूह की तरह लग रहा है।

वे रूहें चुपचाप धुंध के समुद्र में बढ़ती जा रही हैं····बसों में भीड़ है। लोग ठंडी सीटों पर सिकुड़े हुए बैठे हैं और कुछ लोग बीच में ही ईसा की तरह सलीब पर लटके हुए हैं—बाँहें पसारे, उनकी हथेलियों में कीलें नहीं, बस की बर्फीली चमकदार छड़ें हैं।

और ऐसे में दूर से एक अरथी सड़क पर चली आ रही है।

इस अरथी की खबर अखबार में है। मैंने अभी-अभी पढ़ी है। इसी मौत की खबर होगी। अखबार में छपा है—आज रात करोलबाग के मशहूर और लोकप्रिय बिज़नेस मैगनेट सेठ दीवानचंद की मौत इरविन अस्पताल में हो गई। उनका शव कोठी पर ले आया गया है। कल सुबह नौ बजे उनकी अरथी आर्यसमाज रोड से होती हुई पंचकुइयाँ श्मशान-भूमि में दाह-संस्कार के लिए जाएगी।····

और इस वक्त सड़क पर आती हुई यह अरथी उन्हीं की होगी। कुछ लोग टोपियाँ लगाए और मफलर बाँधे हुए खामोशी से पीछे-पीछे आ रहे हैं। उनकी चाल

बहुत धीमी है। कुछ दिखाई पड़ रहा है, कुछ नहीं दिखाई पड़ रहा है, पर मुझे ऐसा लगता है अरथी के पीछे कुछ आदमी हैं।

मेरे दरवाज़े पर दस्तक होती है। मैं अखबार एक तरफ रखकर दरवाज़ा खोलता हूँ। अतुल भवानी सामने खड़ा है।

"यार, क्या मुसीबत है, आज कोई आयरन करने वाला भी नहीं आया, ज़रा अपना आयरन देना।" अतुल कहता है तो मुझे तसल्ली होती है। नहीं तो उसका चेहरा देखते ही मुझे खटका हुआ था कि कहीं शवयात्रा में जाने का बवाल न खड़ा कर दे। मैं उसे फौरन आयरन दे देता हूँ और निश्ंचित हो जाता हूँ कि अतुल अब अपनी पैंट पर लोहा करेगा और दूतावासों के चक्कर काटने के लिए निकल जाएगा।

जब से मैने अखबार में सेठ दीवानचंद की मौत की खबर पढ़ी थी, मुझे हर क्षण यही खटका लगा था कि कहीं कोई आकर इस सर्दी में शव के साथ जाने की बात न कह दे। बिल्डिंग के सभी लोग उनसे परिचित थे और सभी शरीफ, दुनियादार आदमी थे।

तभी सरदार जी का नौकर ज़ीने से भड़भड़ाता हुआ आया और दरवाज़ा खोलकर बाहर जाने लगा। अपने मन को और सहारा देने के लिए मैंने उसे पुकारा, "धर्मा ! कहाँ जा रहा है ?"

"सरदारजी के लिए मक्खन लेने," उसने वहीं से जवाब दिया तो लगे हाथों लपककर मैंने भी अपनी सिगरेट मँगवाने के लिए उसे पैसे थमा दिए।

सरदार जी नाश्ते के लिए मक्खन मँगवा रहे हैं, इसका मतलब है वे भी शवयात्रा में शामिल नहीं हो रहे हैं। मुझे कुछ और राहत मिली। जब अतुल मवानी और सरदार जी का इरादा शवयात्रा में जाने का नहीं है तो मेरा कोई सवाल ही नहीं उठता। इन दोनों का या वासवानी-परिवार का ही सेठ दीवानचंद के यहाँ ज़्यादा आना-जाना था। मेरी तो चार-पाँच बार की मुलाकात-भर थी। अगर ये लोग ही शामिल नहीं रहे हैं तो मेरा सवाल ही नहीं उठता।

सामने बारजे पर मुझे मिसेज़ वासवानी दिखाई पड़ती हैं। उनके खूबसूरत चेहरे पर अजीब-सी सफेदी है और होंठों पर पिछली शाम की लिपस्टिक की हलकी लाली अभी भी मौजूद है। गाउन पहने हुए ही वह निकली हैं और अपना जूड़ा बाँध रही हैं। उनकी आवाज़ सुनाई पड़ती है, "डार्लिंग, ज़रा मुझे पेस्ट देना, प्लीज़...."

मुझे और राहत मिलती है। इसका मतलब है कि मिस्टर वासवानी भी मैयत में शामिल नहीं हो रहे हैं।

दूर आर्यसमाज रोड पर वह अरथी बहुत आहिस्ता-आहिस्ता बढ़ती आ रही है....

अतुल मवानी मुझे आयरन लौटाने आता है। मैं आयरन लेकर दरवाज़ा बंद कर लेना चाहता हूँ, पर वह भीतर आकर खड़ा हो जाता है और कहता है, "तुमने सुना, दीवानचंद जी की कल मौत हो गई ?"

"मैंने अभी अखबार में पढ़ा है," मैं सीधा-सा जवाब देता हूँ, ताकि मौत की बात आगे न बढ़े। अतुल मवानी के चेहरे पर सफेदी झलक रही है, वह शेव कर चुका है। वह आगे कहता है, "बड़े भले आदमी थे दीवानचंद।"

यह सुनकर मुझे लगता है कि अगर बात आगे बढ़ गई तो अभी शवयात्रा में शामिल होने की नैतिक ज़िम्मेदारी हो जाएगी, इसलिए मैं कहता हूँ, "तुम्हारे उस काम का क्या हुआ ?"

"बस, मशीन आने भर की देर है। आते ही अपना कमीशन तो खड़ा हो जाएगा। यह कमीशन का काम भी बड़ा बेहूदा है। पर किया क्या जाए ? आठ-दस मशीनें मेरे थ्रू निकल गईं तो अपना बिज़नेस शुरू कर दूँगा।" अतुल मवानी कह रहा है, "भई, शुरू-शुरू में जब मैं यहाँ आया था तो दीवानचंद जी ने बड़ी मदद की थी मेरी। उन्हीं की वजह से कुछ काम-धाम मिल गया था। लोग बहुत मानते थे उन्हें।"

फिर दीवानचंद का नाम सुनते ही मेरे कान खड़े हो जाते हैं। तभी खिड़की से सरदार जी सिर निकालकर पूछने लगते हैं, "मिस्टर मवानी ! कितने बजे चलना है ?"

"वक्त तो नौ बजे का था, शायद सर्दी और कुहरे की वजह से कुछ देर हो जाए।" वह कह रहा है और मुझे लगता है कि यह बात शवयात्रा के बारे में ही है।

सरदार जी का नौकर धर्मा मुझे सिगरेट देकर जा चुका है और ऊपर मेज़ पर चाय लगा रहा है। तभी मिसेज़ वासवानी की आवाज़ सुनाई पड़ती है, "मेरे खयाल से प्रमिला वहाँ ज़रूर पहुँचेगी, क्यों डार्लिंग ?"

"पहुँचना तो चाहिए।....तुम ज़रा जल्दी से तैयार हो जाओ।" कहते हुए मिस्टर वासवानी बारजे से गुज़र गए हैं।

अतुल मुझसे पूछ रहा है, "शाम को कॉफी-हाउस की तरफ आना होगा ?"

"शायद चला आऊँ," कहते हुए मैं कंबल लपेट लेता हूँ और वह वापस अपने कमरे में चला जाता है। आधी मिनट बाद ही उसकी आवाज़ फिर आती है, "भई बिजली आ रही है ?"

मैं जवाब दे देता हूँ, "हाँ, आ रही है" मैं जानता हूँ कि वह इलैक्ट्रिक रॉड से पानी गरम कर रहा है, इसीलिए उसने यह पूछा है।

"पॉलिश !" बूट पॉलिशवाला लड़का हर रोज़ की तरह अदब से आवाज़ लगाता है और सरदार जी उसे ऊपर पुकार लेते हैं। लड़का बाहर बैठकर पॉलिश करने लगता है और वह अपने नौकर को हिदायतें दे रहे हैं, खाना ठीक एक बजे लेकर आना।....पापड़ भूनकर लाना और सलाद भी बना लेना।...."

मैं जानता हूँ, सरदार जी का नौकर पाजी है। वह कभी वक्त से खाना नहीं

पहुँचाता और न उनके मन की चीज़ें ही पकाता है।

बाहर सड़क पर कुहरा अब भी घना है। सूरज की किरणों का पता नहीं है। कुलचे-छोलेवाले वैष्णव ने अपनी रेढ़ी लाकर खड़ी कर ली है। रोज़ की तरह प्लेटें सजा रहा है, उनकी खनखनाहट की आवाज़ आ रही है।

सात नंबर की बस छूट रही है। सूलियों पर लटके ईसा उसमें चले जा रहे हैं और क्यू में खड़े और लोगों को कंडक्टर पेशगी टिकट बाँट रहा है। हर बार जब भी वह पैसे वापस करता है तो रेज़गारी की खनक यहाँ तक आती है। धुंध में लिपटी रूहों के बीच काली वर्दी वाला कंडक्टर शैतान की तरह लग रहा है।

और अरथी अब कुछ और पास आ गई है।

"नीली साड़ी पहन लूँ?" मिसेज़ वासवानी पूछ रही हैं।

वासवानी के जवाब देने की घुटी-घुटी आवाज़ से लग रहा है कि वह टाई की नॉट ठीक कर रहा है।

सरदार जी के नौकर ने उनका सूट ब्रुश से साफ करके हैंगर पर लटका दिया है। और सरदार जी शीशे के सामने खड़े पगड़ी बाँध रहे हैं।

अतुल मवानी फिर मेरे सामने से निकला है। पोर्ट फोलियो उसके हाथ में है। पिछले महीने बनवाया हुआ सूट उसने पहन रखा है। उसके चेहरे पर ताज़गी है और जूतों पर चमक। आते ही वह मुझसे पूछता है, "तुम नहीं चल रहे हो?" और मैं जब तक पूँछूँ कि कहाँ चलने को वह पूछ रहा है कि वह सरदार जी को आवाज़ लगाता है, "आइए, सरदार जी! अब देर हो रही है। दस बज चुका है।"

दो मिनट बाद ही सरदार जी तैयार होकर नीचे आते हैं कि वासवानी ऊपर से ही मवानी का सूट देखकर पूछता है, "ये सूट किधर सिलवाया?"

"उधर खान मार्केट में।"

"बहुत अच्छा सिला है। टेलर का पता हमें भी देना।" फिर वह अपनी मिसेज़ को पुकारता है, "अब आ जाओ, डियर!····अच्छा मैं नीचे खड़ा हूँ, तुम आओ।" कहता हुआ वह भी मवानी और सरदार जी के पास आ जाता है और सूट को हाथ लगाते हुए पूछता है, "लाइनिंग इंडियन है।"

"इंग्लिश!"

"बहुत अच्छा फिटिंग है!" कहते हुए वह टेलर का पता डायरी में नोट करता है। मिसेज़ वासवानी बारजे पर दिखाई पड़ती हैं—नम और सर्द सुबह में उनका रूप और भी निखर आया है। सरदार जी धीरे से मवानी को आँख का इशारा करके सीटी बजाने लगते हैं।

अरथी अब सड़क पर ठीक मेरे कमरे के नीचे है। उसके साथ कुछेक आदमी हैं, एक-दो कारें भी हैं, जो धीरे-धीरे रेंग रही हैं। लोग बातों में मशगूल हैं।

मिसेज़ वासवानी जूड़े से फूल लगाते हुए नीचे उतरती हैं तो सरदार जी अपनी जेब का रूमाल ठीक करने लगते हैं। और इससे पहले कि वे लोग बाहर जाएँ वासवानी मुझसे पूछता है, "आप नहीं चल रहे ?"

"आप चलिए, मैं आ रहा हूँ," मैं कहता हूँ पर दूसरे ही क्षण मुझे लगता है कि उसने मुझसे कहाँ चलने को कहा है ? मैं अभी खड़ा सोच ही रहा हूँ कि वे चारों घर के बाहर हो जाते हैं।

अरथी कुछ और आगे निकल गई है। एक कार पीछे से आती है और अरथी के पास धीमी होती है। चलाने वाले साहब शवयात्रा में पैदल चलने वाले एक आदमी से कुछ बात करते हैं और कार सर्र से आगे बढ़ जाती है। अरथी के साथ पीछे जाने वाली दोनों कारें भी उसी कार के पीछे सरसराती हुई चली जाती हैं।

मिसेज़ वासवानी और वे तीनों लोग टैक्सी-स्टैंड की ओर जा रहे हैं। मैं उन्हें देखता रहता हूँ। मिसेज़ वासवानी ने फर-कालर डाल रखा है और शायद सरदार जी अपने चमड़े के दस्ताने उन्हें दे रहे हैं या दिखा रहे हैं। टैक्सी-ड्राइवर आगे बढ़कर दरवाज़ा खोलता है और वे चारों टैक्सी में बैठ जाते हैं। अब टैक्सी इधर ही आ रही है और उसमें से खिलखिलाने की आवाज़ मुझे सुनाई पड़ रही है। वासवानी आगे सड़क पर जाता अरथी की ओर इशारा करते हुए ड्राइवर को कुछ बता रहा है।....

मैं चुपचाप खड़ा सब देख रहा हूँ और अब न जाने क्यों मुझे मन में लग रहा है कि दीवानचंद की शवयात्रा में कम-से-कम मुझे तो शामिल हो ही जाना चाहिए था। उनके लड़के से मेरी खासी जान-पहचान है और ऐसे मौके पर तो दुश्मन का साथ भी दिया जाता है। सर्दी की वजह से मेरी हिम्मत छूट रही है....पर मन में कहीं शवयात्रा में शामिल होने की बात भीतर-ही-भीतर कोंच रही है।

उन चारों की टैक्सी अरथी के पास धीमी होती है। मवानी गरदन निकालकर कुछ कहता है और दाहिने से रास्ता काटते हुए टैक्सी आगे बढ़ जाती है।

मुझे धक्का-सा लगता है और मैं ओवरकोट पहनकर, चप्पलें डालकर नीचे उतर आता हूँ। मुझे मेरे कदम अपने-आप अरथी के पास पहुँचा देते हैं और मैं चुपचाप उसके पीछे-पीछे चलने लगता हूँ। चार आदमी कंधा दिए हुए हैं और सात आदमी चल रहे हैं—सातवाँ मैं ही हूँ। और मैं सोच रहा हूँ कि आदमी के मरते ही कितना फर्क पड़ जाता है ! पिछले साल ही दीवानचंद ने अपनी लड़की की शादी की थी तो हज़ारों की भीड़ थी। कोठी के बाहर कारों की लाइन लगी हुई थी....

मैं अरथी के साथ-साथ लिंक रोड पर पहुँच चुका हूँ। अगले मोड़ पर ही पंचकुइयाँ श्मशान-भूमि है।

और जैसे ही अरथी मोड़ पर घूमती है लोगों की भीड़ और कारों की कतार मुझे

दिखाई देने लगती है। कुछ स्कूटर भी खड़े हैं। औरतों की भीड़ एक तरफ खड़ी है। उनकी बातों की ऊँची ध्वनियाँ सुनाई पड़ रही हैं। उनके खड़े होने में वही लचक है जो कनॉट प्लेस में दिखाई पड़ती है। सभी के जूड़ों के स्टाइल अलग-अलग हैं। मरदों की भीड़ से सिगरेट का धुआँ उठ-उठकर कुहरे में घुला जा रहा है और बात करती हुई औरतों के लाल-लाल होंठ और सफेद दाँत चमक रहे हैं और उनकी आँखों में एक गरूर है....

अरथी को बाहर बने चबूतरे पर रख दिया गया है। अब खामोशी छा गई है। इधर-उधर बिखरी हुई भीड़ शिव के इर्द-गिर्द जमा हो गई है और कारों के शोफर हाथों में फूलों के गुलदस्ते और मालाएँ लिए अपनी मालकिनों की नज़रों का इंतज़ार कर रहे हैं।

मेरी नज़र वासवानी पर पड़ती है। वह अपनी मिसेज़ को आँख के इशारे से शव के पास जाने को कह रहा है और वह है कि एक औरत के साथ खड़ी बात कर रही है। सरदार जी और अतुल मवानी भी वहीं खड़े हुए हैं।

शव का मुँह खोल दिया गया है और अब औरतें फूल और मालाएँ उसके इर्द-गिर्द रखती जा रही हैं। शोफर खाली होकर अब कारों के पास खड़े सिगरेट पी रहे हैं।

एक महिला माला रखकर कोट की जेब से रूमाल निकालती है और आँखों पर रखकर नाक सुरसुराने लगती है और पीछे हट आती है।

और अब सभी औरतों ने रूमाल निकाल लिए हैं और उनको नाकों से आवाज़ें आ रही हैं।

कुछ आदमियों ने अगरबत्तियाँ जलाकर शिव के सिरहाने रख दी हैं। वे निश्चल खड़े हैं।

आवाज़ों से लग रहा है कि औरतों के दिल को ज़्यादा सदमा पहुँचा है।

अतुल मवानी अपने पोर्टफोलियो से कोई कागज़ निकालकर वासवानी को दिखा रहा है। मेरे खयाल है वह पासपोर्ट का फॉर्म है।

अब शव को भीतर श्मशान-भूमि में ले जाया जा रहा है। भीड़ फाटक के बाहर खड़ी देख रही है। शोफरों ने सिगरेटें या तो पी ली हैं या बुझा दी हैं और वे अपनी-अपनी कारों के पास तैनात हैं।

शव अब भीतर पहुँच चुका है।

मातमपुरसी के लिए आए हुए आदमी और औरतें अब बाहर की तरफ लौट रहे हैं।

कारों के दरवाज़े खुलने और बंद होने की आवाज़ें आ रही हैं। स्कूटर स्टार्ट हो रहे हैं और कुछ लोग रीडिंग रोड, बस-स्टाप की ओर बढ़ रहे हैं।

कुहरा अभी भी घना है। सड़क से बसें गुज़र रही हैं और मिसेज़ वासवानी कह

रही हैं, "प्रमिला ने शाम को बुलाया है, चलोगे न, डियर? कार आ जाएगी। ठीक है न?"

वासवानी स्वीकृति में सिर हिला रहा है।

कारों में जाती हुई औरतें मुस्कराते हुए एक-दूसरे से विदा ले रही हैं और बाई-बाई की कुछ-एक आवाज़ें आ रही हैं। कारें स्टार्ट होकर जा रही हैं।

अतुल मवानी और सरदार जी भी रीडिंग रोड, बस-स्टाप की ओर बढ़ गए हैं और मैं खड़ा सोच रहा हूँ कि अगर मैं भी तैयार होकर आया होता तो यहीं से सीधा काम पर निकल जाता। लेकिन अब तो साढ़े ग्यारह बज चुके हैं।

चिता में आग लगा दी गई है और चार-पाँच आदमी पेड़ के नीचे पड़ी बेंच पर बैठे हुए हैं। मेरी तरह वे भी यूँ ही चले आए हैं। उन्होंने ज़रूर छुट्टी ले रखी होगी, नहीं तो वे भी तैयार होकर आते।

मेरी समझ में नहीं आ रहा है कि घर जाकर तैयार होकर दफ्तर जाऊँ या अब एक मौत का बहाना बनाकर आज की छुट्टी ले लूँ—आखिर मौत तो हुई ही है और मैं शवयात्रा में शामिल भी हुआ हूँ।

मांस का दरिया

जाँच करने वाली डॉक्टरनी ने इतना ही कहा था कि उसे कोई पोशीदा मर्ज़ नहीं है, पर तपेदिक के आसार ज़रूर हैं। उसने एक पर्चा भी लिख दिया था। खाने को गिज़ा बताई थी।

कमेटी पहले ही पेशे पर रोक लगा चुकी थी। सब परेशान थीं। समझ में नहीं आ रहा था कि क्या होगा? डॉक्टरी जाँच में बहुतों का पेशा और पहले ही ठप्प हो चुका था। इब्राहीम ठेकेदार ने जो चुनी थीं, वे सब 'पास' हो गई थीं। उनके नखरे बहुत बढ़ गए थे। वे बड़े गरूर से अपने खानदानों की चर्चा करती थीं।

इब्राहीम ने चुस्त-दुरुस्त लड़कियों को छाँट लिया था। धीरे-धीरे वे शहर के अच्छे हिस्सों में जा बसी थीं। इब्राहीम उनकी देखभाल करता था और जिस ठेके से जितनी ले गया था, उनका पैसा महीने-के-महीने चुकता कर जाता था।

एक बार जब जुगनू ज़्यादा परेशान थी, तो उसने भी इब्राहीम से कहा था कि किसी ठौर-ठिकाने पर बैठा दे, पर इब्राहीम ने दो-टूक जवाब दे दिया था, "शादी तो है नहीं कि किसी की आँख में धूल झोंककर गले मढ़ दूँ! जो आएगा, वह तो बोटी-बोटी देखेगा!" और वह कतराकर चला गाय था।

उस दिन उसके दिल पर पहली चोट लगी थी—अब वह इस लायक भी नहीं रही? दूसरी चोट तब लगी थी, जब साथ के बारजे से शहनाज़ ने हाथ मटकाते हुए गाली दी थी, "अरे, अल्ला तुझे वह दिन भी दिखाएगा जब गाहक तेरी सीढ़ियों पर कदम तक नहीं रखेगा।"

शहनाज़ की इस बात पर मुहल्ले में बड़ा वावैला मचा था। यह गाली तो बुरी-से-बुरी को नहीं दी जाती····सबके गाहक जीते-जागते रहें। खुदा मर्दों को रोज़ी दे····जाँघ में ज़ोर दे!

और उसी दिन पहली बार झिझकता हुआ वह आया था। फत्ते उसे लाया था। उसके हाथ में बड़ा-सा थैला था। खाकी पैंट और नीली कमीज़ पहने था। दाढ़ी बढ़ी हुई थी। कानों के रोओं और भौंहों पर धूल की हलकी परत थी। कमरे में जाकर जुगनू खाट पर खुद बैठ गई थी, तो वह अचकचाया-सा खड़ा रह गया था। उसकी समझ में नहीं आ रहा था कि थैला कहाँ रख दे। तभी जुगनू ने बड़ी आसानी से थैला लेकर सिरहाने रख दिया था। वह चुपचाप खाट पर बैठ गया था। कुछ क्षणों की खामोशी के बाद जुगनू ने कहा था, 'जूते उतार लो।····' उसने किरमिच के जूते उतारे थे तो बदबू का एक भभका उठा था····कुछ-कुछ वैसा ही जैसा कि बहुतों के कपड़े उतारने पर उठा करता

था···खास तौर से उस मनसू किरानी के पास से फूटता था, जो रात के ग्यारह बजे के बाद ही आया करता था और निबट चुकने के बाद कमर में दर्द की वजह से शिला की तरह बैठा रह जाता था। तब जुगनू ही उसे उठाती थी और वह जाँघें खुजलाता हुआ चला जाता था। या फिर कँवरजीत होटलवाले की तरह, जो बदबू तो देता ही था और उठने से पहले खाट पर बैठा हुआ 'ओं···ओं' करके डकारें लेता था।

वह भभक उससे बर्दाश्त नहीं हुई तो बोली, "जूते पहन लो!"

वह जूते पहन कर फिर बैठ गया था। तब उसे बड़ी कोफ्त हुई थी। एक मिनट वह उसे घूरती रही थी, फिर चिढ़कर बोली थी, "यह घर की बैठक नहीं है···फारिग होके अपना रास्ता नापो!" उसने अपमानित महसूस किया था और अपने को सँभालने के बाद अचकचाकर बोला था, "तुम्हारा नाम क्या है?"

"जुगनू!" वह बोली थी।

"कहाँ की हो?"

"तुम अपना काम करो···" वह फिर चिढ़ गई थी।

और तब उसने उसकी तरह ही पूछा था, "तुम्हें यह पेशा पसंद है?"

"हाँ!···तुम्हें नहीं है?" कहते हुए वह लेट गई थी। उसने साड़ी जाँघों तक खिसका ली थी। वह भी लेट गया था और उसने ब्लाउज़ के भीतर हाथ डालने की झिझक-भरी कोशिश की थी।

"परेशान न करो तो अच्छा है···" वह बोली थी, "क्यों खोलते हो···?"

उसके लिए कुछ भी कर सकना मुमकिन नहीं रह गया था। जुगनू के चेहरे पर सस्ते पाउडर की परत थी···गरदन में पाउडर की डोरियाँ-सी बन गई थीं। होंठों पर खून सूखकर चिपक गया था। कानों के टॉप्स मेंढक की आँखों की तरह उभरे हुए थे। बाल तेल से भीगे थे। तकिया निहायत गंदा था और चादर कुचले हुए चमेली के फूल की तरह मैली थी।

सँकरी कोठरी में अजीब-सी बदबू भरी हुई थी। एक कोने में पानी का घड़ा रखा था और तामचीनी का एक डिब्बा। कोने में ही कुछ चिथड़े भी पड़े थे।

वह पड़ा-पड़ा इधर-उधर देखता रहा। जुगनू के सिरहाने ही छोटी-सी अलमारी थी। उसका पत्थर तेल के चिकने चकत्तों से भरा हुआ था। एक टूटा हुआ कंघा, सस्ती, नेलपॉलिश की शीशी और जूड़े के कुछ पिन उसमें पड़े थे। अलमारी की दीवार पर पेंसिल से कुछ नाम और पते लिखे हुए थे। सिनेमा के गीतों की कुछ किताबें एक कोने में रखी थीं, उन्हीं के पास मरे हुए साँपों की तरह चुटीले पड़े थे। देखते-देखते उनके मन में गिजगिजाहट भर गई थी। आसरे के लिए उसने जुगनू की जाँघ पर हाथ रख लिया था। जाँघ बासी मछली की तरह पुलपुली और खद्दर की तरह खुरदरी थी। जुगनू के खुले हुए आधे तन से मावे की महक आ रही थी। उसने हाथ हटाया तो जाँघों के नीचे चादर पर आ गया था। उसे लगा जैसे चादर भीगी हुई हो···

"यही कमाई का वक्त होता है····इतने में तो चार खुश हो गए होते!" जुगनू ने कहा और दोनों बाँहों में कसकर उसे भींच लिया था।

और जब वह उठकर बैठा तो जुगनू ने मज़ाक-मज़ाक में उसका थैला खोल लिया था, "बहुत रुपया भरकर चलते हो!" उसे लगा था कि शायद वह मज़ाक में एकाध रुपया और हथियाना चाहती है। थैले में कागज़, अखबार और रोटी देखकर सकुचा गई थी।

"फिर कभी आना तो पूछ लेना····सीधे आओगे न?" जुगनू ने कोठरी से बाहर निकलते-निकलते कहा था। तब उसने जुगनू को पहली बार गौर से देखा था और चुपचाप चला गया था।

जब भी जुगनू बाज़ार से निकलती तो सिर पर पल्ला डालकर। वह इतनी छिछोरी भी नहीं थी कि कोई फबती कसता। सब उसे ऐसे देखते थे जैसे उस पर उनका समान अधिकार हो। वह रास्ता चलते कनखियों से उन लोगों को ज़रूर देख लेती थी, जिन्हें वह अच्छी तरह पहचानती थी और जो उसके मर्दों की तरह उसके पास आते-जाते थे। तभी एक दिन वह दिखाई पड़ा था—वही थैले वाला आदमी। एक इमारत की पहली मंज़िल के बारजे पर कोहनियाँ टेके वह बीड़ी पी रहा था। वही कमीज़ पहने था। इमारत पर लाल झंडा लगा हुआ था, जिसकी छाया उसके कंधों पर काँप रही थी।

टूटी हुई चप्पल जुड़वाने के लिए वह वहीं रुक गई थी। वह शायद भीतर चला गया था।

रात को वह आया था। उसकी आँखों में पहचान थी। इस बार वह सकुचा नहीं रहा था। खाट पर बैठे-बैठे जुगनू ने उससे पूछा था, "तुम क्या काम करते हो?"

"कुछ नहीं!" वह बोला था, "मज़दूरों में काम करता हूँ····"

"हमारा भी कुछ काम कर दिया करो····हम भी मज़दूर हैं!" जुगनू ने मज़ाक किया था।

"तुम्हें देर नहीं हो रही है?" उसने कहा था।

"आज तबीयत ठीक नहीं है।" जुगनू अलसाते हुए बोली थी।

"क्या हुआ?"

"कमर बहुत दुख रही है। सारे बदन में हड़फूटन है····" जुगनू बोली थी, "पता नहीं क्या हो गया है····तारा को बुला दूँ?····बहुत शराफत से पेश आएगी····समझदार औरत है····"

उसने मना कर दिया था। कुछेक मिनट बैठकर वह चलने लगा था, तो सिर्फ इतना ही बोला था, "मैं ऐसे ही चला आया था!" और वह चुपचाप अँधेरी सीढ़ियों में उतर गया था। जुगनू खामोशी से आकर खिड़की पर खड़ी हो गई थी। उसे लगा था कि वह किसी और ज़ीने में चढ़ जाएगा। गली में ज़्यादा आमदरफ्त नहीं थी। थोड़ी-थोड़ी दूर पर आदमियों के तीन-चार गोल खड़े हुए थे। उनमें से फूटकर

कभी-कभी कोई किसी ज़ीने में चढ़ जाता था। नानबाई की चिमनी में से धुआँ निकल रहा था···वह उसे देखती रही थी। वह कहीं रुका नहीं। धीरे-धीरे गली पार कर सड़क की तरफ मुड़ गया था—उसी सड़क पर, जिस पर वह इमारत थी, जिसमें वह रहता था।

जुगनू को उसका यूँ लौट जाना बहुत अच्छा लगा था। हलकी-सी खुशी हुई थी। कोठरी के पलंग पर आकर वह लेट रही थी।

कोठरी में बहुत सीलन थी और घुटी-घुटी-सी बदबू। दरवाज़ा उसने बंद कर लिया था और सिनेमा के गीतों की किताब उठाकर मन-ही-मन पढ़ती रही थी।

तभी किवाड़ों पर दस्तक हुई थी और अम्मा की आवाज़ आई थी, "जुगनू बेटे! मुआ बेहोश तो नहीं हो गया!"

"यहाँ कोई नहीं है, अम्मा!"

"तो बारजे पर निकल आ, बेटे···बड़ी अच्छी हवा चल रही है···गली में रौनक भी है···" कहते हुए अम्मा ने दरवाज़ा खोल दिया था, "तबीयत तो ठीक है!"

"कुछ ग़ड़बड़ है, अम्मा!"

"तो एक गिलास दूध पी ले, बेटा···अभी तो वक्त है, कोई आ ही गया तो···"

और वह उठ आई थी। उसकी गरदन पर उलटा हाथ रखते हुए अम्मा ने बुखार देखा था और कमर से ऊपर पीठ के मांस की लौटती हुई सलवटें देखकर बोली थी, "सेहत का खयाल छोड़ दिया है तूने···कमर पर कितनी मोटी पर्तें गिरने लगी हैं···थोड़ी-सी वर्ज़िश कर लिया कर···" कहती हुई वह दूसरी कोठरी की ओर चली गई थी। दूसरी कोठरी से कुछ तेज़-तेज़ आवाज़ें आ रही थीं। और अम्मा बड़बड़ाती हुई भीतर चली गई थी, "यह चुड़ैल बिना लड़े लगाम नहीं डालने देती···किसी दिन इस कोठरी में कतल होगा··· !"

यह राज़ की बात थी···बिलकीस की अम्मा यों ही कोसती थी। खुद बिलकीस का कहना था कि उनके पास से कोई बिना अपनी कमर पकड़े वापस नहीं जा सकता। बिलकीस को इसमें मज़ा भी आता था। आदमी को छोड़ते ही वह दरवाज़े पर आकर खड़ी हो जाती थी और उसे हारकर जाते हुए देखकर तालियाँ चटकाकर बड़ी ऊँची हँसी में हँसती थी, "अरी, ओ मरी जुबेदा! अरी देख···रुस्तम जा रिया है! बड़ा आया था पैलवान का बच्चा! ये मरदुआ सोएगा औरत के साथ!"

एक दिन एक आदमी बिगड़ गया था, "क्या बक रही है?"

"अरे, जा-जा भिश्ती की औलाद···ले, ये चवन्नी ले जा, छटाँक-भर मलाई खा लीजे···।"

और वह आदमी बहुत अपमानित-सी सीढ़ियाँ उतर गया था। पूरे कोठे में बिलकीस को लेकर दहशत छाई रहती थी। पता नहीं, कब झगड़ा हो जाए! और वह हाथ नचा-नचाकर बड़े फख्र से हमेशा कहा करती थी, "अपने को बरम्मचारी की औरत है···।"

जुगनू को देखकर बिलकीस हमेशा ताना देती थी, "तू तो किसी के घर बैठ जा····" पर जुगनू किसी से लड़ी नहीं। वह जानती थी कि बिलकीस बहुत मुँहफट है। अम्मा तक को नहीं धर गाँठती। और अम्मा थी कि सबके तन-बदन का खयाल रखती थी। बदन चुस्त-दुरुस्त रखने के लिए वह हमेशा चीखती ही रहती थी। "भैंस की तरह फैलती ही जा रही है, साटन का पेटीकोट पहना कर। आलू खाना बंद कर, कलमुँही!"

पेट पर ढलान आते ही वह जुबेदा के लिए भीतर बक्से में से पेटी निकाल लाई थी, "दिन में इसे बाँधा कर! चाय पीना कम कर"····और उसने ज़ीन की हर नाप की अँगियाँ लाकर रख दी थीं। उसे बस एक ही फिक्र रहती थी—"मेरा बस चले तो उमर रोक दूँ तुम लोगों के लिए····।"

दोपहर में अम्मा बड़े प्यार से कभी किसी के बाल साफ करने बैठ जाती, कभी शाम के लिए साड़ियों पर इस्त्री करती और वसंत के दिन तो वह सबके लिए वसंती जोड़ा रँगती थी। फत्ते के लिए रूमाल रँगना भी न भूलती। ईद-बकरीद, होली-दीवाली बड़े हौसले से मनाती और कभी-कभी कमला की याद करके डबडबायी आँखों से कहती—"उस जैसी लड़की तो हज़ार कोखें नहीं जन पाएँगी····खुदा ने क्या खूबसूरती बख्शी थी, हाथ लगाते मैली होती थी····उसे तो पैसे वालों का डाह खा गया। ज़हर दे दिया कुत्तों ने····बहुत छटपटाई थी बेचारी। हाय, मैं अस्पताल तक न ले जा पाई····।"

····जुगनू बारजे में आकर बैठ गई थी। आते-जातों को देख रही थी। भीड़ धीरे-धीरे हलकी हो रही थी। फूल-गजरे वाले उठकर जा रहे थे और उसने देखा था—रोज़ की तरह मन्नन माली ने जाते हुए एक गजरा कलावती की खिड़की में फेंका था और कलावती ने रोज़ की तरह मुस्कराकर गालियाँ दी थीं। बन्ने कलई वाला धुला हुआ तहमद और जालीदार बनियान पहने आया था और सीधे शहनाज़ के कोठे पर चढ़ गया था।

शंकर पनवाड़ी के सामने चबूतरे पर नीम-पागल चुन्नीलाल ने अपना बोरा बिछा दिया था और तामचीनी के मग्गे में चाय पीते हुए बड़बड़ा रहा था, "अरे ज़ालिम, उसी दिन हाथकलम करवा ले जिस दिन गलत सुर निकल जाए! अरे ज़ालिम····यहीं उतरकर आएगी····इसी बोरे पर सुहाग रात होगी····ज़ालिम!"

और तभी एक क्षण के लिए गली के मोड़ पर जुगनू को उसी नीली कमीज़ वाले का शक हुआ था। शायद वह फिर लौटकर आया है और चुपके से कहीं चढ़ जाएगा। पर वह उसका भ्रम था। वह नहीं था, कोई और आदमी था।

फिर बहुत दिन बाद वह लौटा था। और जुगनू की कोठरी में आते ही घर की तरह खाट पर पसर गया था। लेकिन जूते उतारने की फिर भी उसकी हिम्मत नहीं हुई थी।

"तुम अपना नाम तो बता दो?" जुगनू ने बगल में लेटते हुए पूछा था।

"मदनलाल····क्यों?"

"ऐसे ही···यहाँ नहीं थे ?"

"जेल में था···गिरफ्तारियाँ हो गई थीं, उसी में चला गया था···"

"क्यों··· ?"

"हड़ताल चल रही थी न···मालिकों ने बंद करवा दिया था। बड़ी मुश्किल से रिहाई हुई···"

"इस हड़ताल-वड़ताल से कुछ होता भी है ? काहे को की थी ?"

"बगैर नोटिस छँटनी हुई थी···तुम्हारी समझ में नहीं आएगा। और भी बहुत-से मसले थे···जूते उतार लूँ ?" मदनलाल ने बहुत सकुचाते हुए कहा था।

"उतार लो।"

और किरमिच के जूतों और पसीने से सने हुए पैरों से जो भभक निकली थी, उससे जुगनू को कोई खास परेशानी नहीं हुई थी···धीरे-धीरे जैसे बू ही उसके चारों ओर समा गई थी···और फिर उसके बदन में भर गई थी।

मदनलाल तो चला गया था, पर उसकी वह गंध रह गई थी। और उन्हीं दिनों सब पेशेवालियों को डॉक्टरी जाँच के लिए हाज़िर होना पड़ा था और डॉक्टरनी ने इतना ही कहा था कि कोई पोशीदा मर्ज़ नहीं है, पर तपेदिक के आसार ज़रूर हैं···

देखते-देखते उसकी खाँसी बढ़ गई थी। बुखार रहने लगा था। अम्मा अस्पताल ले जाकर दिखा आई थी पर रोग थमने में नहीं आ रहा था। धीरे-धीरे वह काम लायक नहीं रह गई थी। एक दिन खून थूका था तो बिलकीस ने आसमान सिर पर उठा लिया था, "अरे, इसे डलवाओ कहीं बाहर! हमें मरना है ?" तो अम्मा ने उसे डाँटा था, पर भीतर से वह भी बदल गई थी। तरह-तरह से उसने जुगनू को समझाया था कि वह अपनी सेहत की खातिर कहीं और चली जाए। ज़रूरत के लिए सौ-पचास रुपए भी ले जाए, इस तरह लापरवाही न करे···

पर जुगनू की समझ में नहीं आता था कि वह कहाँ चली जाए। पैसा भी पास नहीं था और सौ-दो सौ से कितने दिन कट सकते थे। आखिर हार कर वह तपेदिक-अस्पताल में भरती हो गई थी। धीरे-धीरे अम्मा का दिया और अपने पास का सारा रुपया खत्म हो गया था। चार महीने लगातार उसे सेनेटोरियम में रहना पड़ा था। उसके बाद भी छुट्टी नहीं मिली थी। हाँ, कहीं थोड़ी-बहुत देर के लिए आने-जाने पर रोक नहीं थी। वहाँ से निकलकर वह दो-चार बार अम्मा के पास आई थी तो अम्मा ने कहा था, "किसी को बताना मत बेटे कि कहाँ थी···मैंने तो यही कहा है कि रामपुर चली गई है अपनी बहन के पास, कुछ दिनों में वापस आ जाएगी···पर मुआँ दरोगा बहुत परेशान करता था···उसे शक है कि यहीं कहीं बैठने लगी है···"

अम्मा की आँखों में अपनापन पाकर उसे बड़ा सहारा-सा मिला था। और अम्मा उसकी हालत देख-देखकर दुखी होती रही थी। सचमुच जुगनू का बदन झुलस-सा गया था···बाल बहुत झीने हो गए थे और चेहरे की सुर्खी गायब हो गई थी।

जुगनू जब भी शीशे में अपने को देखती, तो घबरा उठती थी। अब क्या होगा? कैसे बीतेगी यह पहाड़-सी बीमार ज़िंदगी! सहारा····कोई और सहारा भी तो नहीं, कोई हुनर भी नहीं····

पेशे पर रोक लग जाने के बावजूद कई नई लड़कियाँ लखनऊ-बनारस से आ गई थीं और उन्होंने बाज़ार बिगाड़ रखा था। सुना था, शहनाज़ की हालत भी खराब हो गई थी और कलावती भूखों मरने की हालत में पहुँच गई थी।

यह सब सुन-सुनकर जुगनू का दिल घबराने लगा था।

चलने से पहले उसने अम्मा से कुछ रुपए माँगे थे, तो वह अपना रोना रोने लगी और तंगहाली का बयान करने लगी थी। उसकी हालत भी खस्ता थी।

और वहाँ से सेनेटोरियम लौटते हुए उसने उन सबकी ओर आसरे से भरी नज़रें डाली थीं, जिन्हें वह जानती थी, जो उफनती जवानी के दिनों में उसके पास आते-जाते रहे थे।

मनसू किरानी को दुकान पर बैठा देखकर जुगनू के मन में नफरत-सी भर आई थी।····उसका कमर पकड़ बैठ जाना और फिर जाँघें खुजलाते हुए कोठरी से जैसे-तैसे जाना···

कँवरजीत होटलवाला मैला पाजामा पहने नोट गिन रहा था—उठने से पहले हमेशा 'ओं····ओं ····' की डकारें लेता था, तो जुगनू का मन मिचलाने लगता था····

जुगनू ने औरों को भी देखा था···जिनसे थोड़ी-बहुत भी मेल-मुलाकात रही थी।

सेनेटोरियम में और बहुत दिन रुकना नहीं हुआ। आखिर आना तो था ही। पर वह सभी की शुक्रगुज़ार थी कि उन्होंने मुसीबत और तकलीफ के दिनों में आँखें नहीं पलटी थीं।

और जो कुछ उसने जिससे लिया था, उसे नुस्खे के पीछे ही नोट कर लिया था। इतने दिनों में काफ़ी कर्ज़ा चढ़ गया था। कँवरजीत होटलवाले ने बड़ा एहसान जताकर सैंतालीस रुपए दिए थे। मनसू ने उतना एहसान तो नहीं जताया था, पर रुपए जल्दी-से-जल्दी लौटा देने की बात ले ली थी—पचीस रुपए से जैसे उसका कारबार ठप्प हुआ जा रहा था।

संतराम फिटर ने बीस दिए थे और चलते-चलते बड़ा गंदा मज़ाक किया था, "सूद में एक रात····ठीक है न···" पर उस गंदे मज़ाक से उसे लगा था कि आदमी की आँख अभी उस पर टिकती है। बदन गया-बीता नहीं हुआ है, जितनी शायद वह समझ रही थी।

तंगी के इन दोनों में उसने एक रोज़ मदनलाल से मिलकर भी तीस रुपए ले लिए थे। उसने बस यही कहा था, "ये चंदे के रुपए हैं, जल्दी दे दोगी तो ठीक रहेगा, मेरे पास भी इतना नहीं होता कि भर सकूँ!" पर उस बात में निहायत बेचारगी थी। बहुत मजबूरी में उसने कहा था और साथ ही यह भी कहा था कि उसे जुगनू गलत न समझे····उसकी

उतनी औकात नहीं। और वह बिना कुछ और बोले पार्टी के दफ्तर में चला गया था।

ज़रूरत की वजह से दिल पर पत्थर रखकर जुगनू ने रुपए ले लिए थे, पर तकलीफ भी हुई थी।

और अब, जब से वह सेनेटोरियम से लौटी थी, पुलिसवाले अलग परेशान कर रहे थे। सात महीने का पैसा उन्हें नहीं मिला था। इस कोठे पर उन्होंने सबसे अलग-अलग रकम बाँध रखी थी।

लौटकर आने के बाद वह भीतर-ही-भीतर बड़ी कमज़ोरी-सी महसूस करती थी। बदन अब उतना झेल नहीं पाता था। कोई ज़्यादा छेड़ता-छाड़ता तो हलकी खाँसी आने लगती थी····और पाँच-पाँच, सात-सात मिनट के भीतर ही दम फूलने लगता····और लोग थे कि सीने पर ही सारा वज़न रख देते थे····

रह-रहकर अब वैसी ही उलझन होती थी जैसे कि शुरू-शुरू में हुआ करती थी और उसे लगता था कि उसने यह सब जैसे अब पहली बार ही शुरू किया हो।

बालों की एक पुरानी चोटी वह सात रुपए में कलावती से खरीद लाई थी और छातियों पर भी कप्स लगाने लगी थी। हर बार उन्हें निकालने और लगाने में बड़ी उलझन भी होती थी। कलफ-लगी धोतियाँ पहनने से उसे हमेशा चिढ़ रही थी, पर अब कलफ-लगी ही पहनती थी। बदन गुदाज़ लगता था।

इतना सब करने के बावजूद आमदनी काफी नहीं थी, कोई-कोई रात तो खाली ही चली जाती थी। और अपनी कोठरी में अकेले लेटे हुए वह बहुत घबराती थी····यह पहाड़-सी ज़िंदगी····दिन-दिन टूटता हुआ शरीर····!

नपुंसक लोगों से उसे बेहद परेशानी होती थी। वे हद से ज़्यादा परेशान करते थे····बोटी-बोटी टटोलते रहते थे और जोश आने के इंतज़ार में बहुत सताते थे। चट-औचट हाथ डालते थे और तरह-तरह की गंदी फरमाइश करते थे।

इससे अच्छे तो वे थे, भरी बंदूक की तरह आते थे····और अपना काम करके चलते बनते थे। न बकवास करते, न ज़्यादा सताते थे। पर आमदनी इतनी भी नहीं थी कि गुज़ारा हो जाए। कर्ज़ा उतरने में नहीं आता था।

नुस्खे के पीछे सबके रुपए नोट थे····पर उन्हें चुकाने लायक पैसा कभी हाथ में नहीं आता था।

आखिर और कोई तरीका नहीं रह गया था। जाँघ के जोड़ पर निकला फोड़ा दिखाने के लिए जुगनू जब जर्राह के पास जा रही थी, तो रास्ते में मनसू ने टोक दिया था—"बहुत दिन हो गए····अब तो धंधा भी चल रहा है!"

चलते-चलते वे एक तरफ को आ गए थे। तब बहुत मजबूरी में उसने मनसू से कहा था, "एक पैसा नहीं बचता, क्या करूँ····तुमने तो आना-जाना भी छोड़ दिया है····"

"हमने तो गंगाजली उठा ली है····रंडीबाज़ी नहीं करेंगे। तुलसी की कंठी पहन ली है, यह देखो!"' मनसू बोला तो जुगनू को हलकी-सी हँसी आ गई थी और वह

आँखें फाड़े देखता रह गया था।

जाँघ के जोड़ पर निकले फोड़े के कारण चलने में जुगनू को काफी तकलीफ हो रही थी। वह टाँगें फैला-फैलाकर चल रही थी···मनसू का मन डोल रहा था। गली के मोड़ पर आकर मनसू ने धीरे से कहा था, "तो फिर···बताया नहीं तुमने···कब तक इंतज़ाम करोगी ?"

"कुव्वत हो तो वसूल कर ले जाओ !" जुगनू ने अपनी मजबूरी को पीते हुए बनावटी शोखी से कहा था और गली में मुड़ गई थी। अपनी ही बात पर उसे बड़ी शरम आई थी···फिर लगा था कि ठीक ही तो कहा उसने···खामख्वाह की इज़्ज़त का क्या मतलब ? और फिर किसी का कर्ज़ा लेकर क्यों मरे ? जो उतर जाए सो अच्छा ही है।

जर्राह ने बताया था कि अभी फोड़ा पकने में दिन लगेंगे। बाँधने के लिए पुल्टिस दे दी थी। जब वह लौटी तो दोपहर हो रही थी। सब अपने-अपने चबूतरों पर बैठी मिसकौट कर रही थीं। यही वक्त होता है, जब सब जागकर उठ जाती हैं और शाम की तैयारी से पहले मिल-बैठ लेती हैं। गली में से कच्ची उमर के लौंडों का गोल गुज़र रहा था। वे गंदे इशारे कर-करके औरतों को चिढ़ा रहे थे और बापों को दी जाने वाली गालियों का मज़ा ले रहे थे। आवारा लौंडे रोज़ गुज़रते थे···और उनका रोज़ का यही शगल था। ढलती उमर की औरतें गंदे इशारे देख-देखकर उनके बापों को गालियाँ देती थीं और जवान औरतें मुस्कराती रहती थीं। कभी-कभी हसन, बनवारी या लँगड़ा मातादीन उन लौंडों को दौड़ा भी देता था, तब वे गली के मुहाने पर पहुँचकर गालियाँ देते थे और नेकर या घुटना उठा-उठाकर अश्लील हरकतें करते थे। लौंडों का यह गोल मस्जिद के पीछेवाली बस्ती से आया करता था···

दोपहर में ही दुख-सुख की बातें हुआ करती थीं। और चुगली-चबाव भी। ज़्यादातर चुगली उनकी हुआ करती थी, जो इस मुहल्ले से उठकर शरीफों की बस्तियों में चली गई थीं···जिन्हें छाँट-छाँटकर इब्राहीम ले गया था।

शाम होते ही गली गरमाने लगती थी। फूल-हार वाले आ जाते थे। पनवाड़ियों की दुकानें सज जातीं और गफूर की दुकान पर आकर एक पुलिस वाला बैठ जाता था···उसके बैठते ही गफूर खुलेआम बोतलें बेचना शुरू कर देता था।

जुगनू शाम को पुल्टिस हटा देती थी और बड़े बेमन से सिंगार करके बैठ जाती थी। फोड़ा गाँठ बनकर रह गया था, दर्द बहुत करता था। फिर भी वह जैसे-तैसे एकाध को खुश कर ही देती थी।

बारजे पर बैठे-बैठे जब वह सोच में डूब जाती और बेसहारा पहाड़-सी ज़िंदगी सामने फैल जाती, तब बहुत घबराती थी। आखिर क्या होगा ? वह तो दाने-दाने को मोहताज हो जाएगी। लँगड़ी घोड़ी की ज़िंदगी वह कैसे जी पाएगी ?···क्या उसे भी मस्जिद की सीढ़ियों पर बुर्का पहनकर बैठना होगा और अल्लाह के नाम पर हाथ फैलाना होगा ? अख्तरी की तरह···बिहब्बो और चंपा की तरह···जी जब बहुत घबराता

तो वह ज़हर खाने की बात सोचती···या डूब मरने की।

सैकड़ों मरद आए और गए···पर कोई एक ऐसा नहीं, जिसकी परछाईं तले उम्र कट जाए!

ज़रा ज़्यादा जान-पहचान तो उन्हीं से थी, जिनसे रुपए लिए थे। पर आसरा वहाँ भी नहीं था। किसका क्या भरोसा···कौन कहाँ चला जाए! उम्र के साथ सब लौट जाते हैं। जहाँ बाल-बच्चे बड़े हुए कि उनका आना-जाना बंद। जहाँ उम्र ढली की आदमी ने दूसरा शौक और शगल खोजा···तब कौन आएगा? पुरानी पहचानी शक्लें भी नहीं दिखाई देंगी। तब कितना अजीब और अकेला लगेगा!···बीते हुए वक्त में बैठकर जीना कितना तकलीफदेह होगा···!

पिछले दिनों में उसे बस यही एक तस्कीन मिली है कि सभी कर्जे वाले अपना पैसा वसूलने के लिए उसके पास आते रहे हैं···उसे उम्मीद थी कि मनसू ज़रूर आएगा, वह अपना पैसा ज़रूर वसूल करेगा···और वह आया था।

मनसू के बदन से वैसा ही भभका उठा था और वह आया भी ग्यारह के बाद ही था और निबट जाने के बाद कमर पकड़कर बैठ गया था। जुगनू भी मस्त पड़ी हुई थी। फोड़े पर दबाव पड़ने की वजह से वह बिलबिला उठी थी। और उसकी हिम्मत नहीं हो रही थी कि मनसू को उठाकर दरवाज़े तक पहुँचा आए ताकि वह हमेशा की तरह जाँघें खुजलाता हुआ चला जाए।

मनसू की अकड़ी कमर जब कुछ ढीली पड़ी तो बोला था, "याद रखना···"

जुगनू ने 'अच्छा' कहा था और मनसू को सहारा देकर उठा दिया था।

रात काफी हो गई थी। वह वहीं पड़ी-पड़ी कोठरी की दीवारों को देखती रही थी। पर उनमें देखने को कुछ भी नहीं था। मटमैली भद्दी दीवारें जिन पर कभी उसने रद्दी रिसालों से काट-काटकर फिल्मी सितारों की तसवीरें चिपकाई थीं। कोने में कील पर एक डोरी में पुरानी चूड़ियों का लच्छा लटक रहा था और दीवार की किनारी के सहारे नेलपॉलिश की खाली शीशी पड़ी थी···

खाट के नीचे गूदड़ था और टीन का बक्सा···बक्से में बारह बरस पहले का एक पर्चा पड़ा हुआ है, जिसके हरुफ भी उड़ गए हैं···अब उस पर्चे का कोई मतलब नहीं रह गया है। मसविदा मुर्दा हो चुका है। और अब कौन जाता है वापस···और कौन बुलाता है वापस···ज़िंदगियों के बीच से वक्त का दरिया किनारे काटता हुआ निकल गया है···कहीं कोई नहीं है···कोई कहीं नहीं है।

सुबह उठी तो बदन टूट रहा था। फोड़े में बहुत दर्द था। जाँघ का जोड़ फटा जा रहा था। उसने फिर पुल्टिस बाँध ली थी। और शाम को जैसे-तैसे तैयार हो गई थी। कोठरी में जाकर सबका हिसाब जोड़ने लगी थी। अलमारी की दीवार पर उसने निशान लगा रखे थे कि कौन कितनी मर्तबा आया था और कितने रुपए पट गए थे। संतराम फिटर सचमुच बहुत बदतमीज़ी से पेश आया था। बीस रुपए के बदले में वह चार बार

हो गया था और पाँचवीं बार जब जाने लगा था, तो जुगनू ने बहुत आहिस्ता से कहा था, "यूँ ही जा रहे हो ?"

"क्यों ?" संतराम की निगाहों में शैतानी थी।

"रुपया तो पिछली बार ही पट गया था !" उसने बहुत झिझकते हुए पर साफ-साफ कहा था।

"एक बारी सूद की ?" संतराम ने बड़े गंदे लहजे में कहा था, "फोकट का पैसा नहीं आता, समझी ?" और कोठरी से निकलकर सीढ़ियाँ उतर गया था।

जुगनू हताश-सी देखती रह गई थी। और हमजोलियों की तरह वह झगड़ा भी नहीं कर पाती थी। चीख-चिल्ला भी नहीं पाती थी और आदमी को बेइज़्ज़त करके भेजते नहीं बनता था।

कँवरजीत होटल वाले के सबसे ज़्यादा पैसे चढ़े हुए थे। वह सिर्फ तीन बार आया था। कुल पंद्रह रुपए पटे थे। मनसू के भी बीस उतर गए थे····हलकी राहत मिली थी उसे कि तभी फोड़ा टीस उठा था। वह टाँगें फैलाकर वहीं बिस्तर पर लेट गई थी।

दरवाज़े पर आहट हुई तो देखा मदनलाल था। उसे देखते ही एक क्षण को वह भीतर-ही-भीतर झल्ला उठी थी। जैसे एक और सूदखोर पठान सामने आकर खड़ा हो गया हो····अपनी वसूलयाबी के लिए।

मदनलाल इस बीच नहीं आया था। इस वक्त उसका आना जुगनू को खल गया था। फिर भी बेचारगी में उसने उसे भीतर बुला लिया था····मदनलाल खाट पर बैठ गया था। अपना थैला उसने सिरहाने सरका दिया था। जुगनू खामोशी से थैले को टटोलने लगी थी। उसमें कुछ पोस्टर थे और तह किया हुआ एक झंडा। एकाध पुराने-से रजिस्टर भी थे। उसका दिल धड़क उठा था कि कहीं वह नकद पैसे की माँग न कर दे। फोड़ा अलग टीस रहा था।

मदनलाल वही पुराने कपड़े पहने हुए था और वही जूते। पसीने की गंध पूरी कोठरी में भर गई थी।

"बहुत दिनों बाद आना हुआ !" जैसे-तैसे जुगनू ने कहा।

"जूते उतार लूँ !" मदनलाल ने हलकेपन से कहा था।

"उतार लो····"

"दरवाज़ा बंद कर दूँ ?"

"आज बहुत तकलीफ है····जाँघ के जोड़ पर फोड़ा निकला हुआ है। सीधी तो लेट भी जाऊँ पर जाँघ मोड़ते जान निकलती है····" जुगनू ने कहा था तो मदनलाल तस्मे खोलते-खोलते ठिठक गया था। मन-ही-मन वह शरमा भी गया था। जुगनू भी बहुत अटपटा महसूस कर रही थी। पर मदनलाल ने उसे उबार लिया था। वह इधर-उधर की बातें करता रहा था, पर हर क्षण जुगनू को डर लगा रहता था कि घूम-फिरकर बात रुपयों पर न आ जाए····

"अच्छा तो चलता हूँ...." मदनलाल थैला लेकर खड़ा हो गया था। उसने बहुत भरी-भरी नज़रों से जुगनू को देखा था....जैसे आज लौटते हुए उसे तकलीफ हो रही थी।

और सारी बातों के बावजूद जुगनू अब दुबारा उससे रुकने को कह भी नहीं सकती थी। बहुत संकोच से उसने कहा था, "वह तुम्हारे रुपए...."

"उनके लिए नहीं...." मदनलाल ने कहा, "तुम्हारे लिए आया था!"

उसकी बगलों के नीचे भरा हुआ पसीना स्याही के धब्बे की तरह चमक रहा था। बाँहों की उभरी हुई नसें पसीजी हुई थीं। उसने पसीजे हाथ से जुगनू का हाथ पकड़ा था, तो लगा था जैसे हथेली में गुदारी रोटी की हलकी-सी तपिश आ गई हो।

"मैं फिर आऊँगा...." कहकर मदनलाल चला गया था। जुगनू सीधी बारजे पर आ गई थी। मन में कहीं अफ़सोस भी था कि उसे ऐसे ही लौट जाना पड़ा। मदनलाल को वह देखती रही थी....वह गली में तीन-चार घर पार करके खड़ा हो गया था। उसका गली में रुकना जैसे उससे सहा नहीं जा रहा था। फिर वह ऊपर बारजे पर एक नज़र डालकर पाँचवें कोठे की सीढ़ियाँ चढ़ गया था। पता नहीं, कैसी तिलमिलाहट उसे हुई थी। फोड़ा और ज़ोर से टीस उठा था!....फिर धीरे-धीरे जलन शांत हो गई थी। अगर उसने रोका होता तो वह शायद नहीं जाता....आखिर उसे भी तो....जलन बर्दाश्त होने लगी थी। वह तो सिर्फ उसकी तकलीफ का खयाल करके लौट गया था—उसके पसीजे हाथ की गरमाहट में किसी तरह का धोखा नहीं था....

तभी कँवरजीत आ गया था। एकाएक, लगा था जैसे कोई पराया घर में घुस आया हो। पर अपने को सँभालते हुए उसने मुस्कराकर उसे देखा था।

बिलकीस उधर कोने में खड़ी किसी पहलवान से बात कर रही थी। जुगनू चुपचाप कँवरजीत को लेकर कोठरी में चली गई थी। दरवाज़े भेड़ लिए थे। कँवरजीत ने कुंडी चढ़ा दी थी।

"आज बहुत तकलीफ है....फोड़ा पक गया है।" जुगनू ने जैसे आजिज़ी से उसे समझाया था।

"अभी तक ठीक नहीं हुआ?" कँवरजीत ने पूछा था।

"हूँ, शायद दो-तीन दिन में फट जाए!" जुगनू ने जैसे माफी माँगी थी।

"बिलकुल तकलीफ नहीं होने दूँगा....बहुत आसानी से...." कहते हुए कँवरजीत खाट पर लेट गया था।

"आज...." जुगनू ने कहा, तो उसने बहुत नरमी से उसे अपनी बगल में लिटा लिया था और बोला था, "ज़रा-सी भी तकलीफ नहीं होने दूँगा...."

जुगनू बहुत बेबस हो गई थी। समझ में नहीं आ रहा था कि उसे कैसे समझाए, तभी उसने उसकी छातियों पर हाथ रख लिया था। धीरे से करवट लेकर जुगनू ने लाइट बुझा दी थी और ब्लाउज़ में हाथ डालकर कप्स निकाले और खाट के नीचे सरका दिए थे।

बहुत बार उसने कराह दबायी और कँवरजीत को रोका। आँखों के सामने अँधेरा छा-छा जाता था और ज़ोर पड़ते ही जाँघ फटने लगती थी। कँवरजीत तीन-चार बार रुका, फिर जैसे उस पर शैतान सवार हो गया था····

"अरे, रुक तो····" वह चीखा था और जुगनू की टाँगें दबाकर वह हावी हो गया था।

"अरी, अम्मा रे····मार डाला···· !" वही पूरी आवाज़ से चीखी थी जैसे किसी ने क़त्ल कर दिया हो और छटपटाकर बेहोश-सी हो गई थी।

"साली !" हाँफते हुए कँवरजीत बोला और उसे छोड़कर निढाल-सा बैठ गया था।

कुछेक मिनट बाद जुगनू को होश आया था। दर्द कुछ थमा था तो उसके हाथ-पैर हिले थे। तकिए के नीचे से कपड़ा निकालकर उसने लाइट जलाई थी, तो पूरी जाँघ फटे हुए फोड़े के मवाद से भरी हुई थी और कँवरजीत उससे बिलकुल अलग बैठा 'ओं····ओं ····' करके डकारें ले रहा था।

"फूट गया न····" वह खड़ा होता हुआ बोला था, तो उसने जाँघ पर साड़ी खिसका ली थी।

"ध्यान रखना, चौथी बारी हुई !" कँवरजीत ने कहा और कुंडी खोलकर कोठरी से बाहर निकल गया था।

साड़ी खिसकाकर वह मवाद पोंछने लगी थी। एकाएक मन बहुत घबरा उठा था। उसने धीरे से फत्ते को आवाज़ दी थी। फत्ते आया था, तो उसने घड़े से पानी निकलवाया था और कपड़ा भिगोकर मवाद पोंछते हुए बोली थी, "देख, फत्ते····उधर विमला के घर एक आदमी गया है····चला न गया हो तो ज़रा बुला ला। नीली कमीज़ पहने है, थैला है उसके पास।"

"गाहक आदमी है ?" फत्ते बोला था।

"नहीं, आपस का आदमी है !" जुगनू ने कहा, "ज़रा-सा पानी और दे दे····"

फत्ते घड़े से पानी निकालकर लाया, तो फिर सोचते हुए बोली, "रहने दे····तू अपना काम कर। वह कह गया है, आ जाएगा कभी····" कहते-कहते उसने फोड़े को हलके से दाबा, तो कुछ और मवाद निकल पड़ा था; और दर्द से फिर चेहरे पर पसीना छलछला आया था।

बयान

इससे ज़्यादा मैं क्या बता सकती हूँ ! एक आदमी-औरत के बीच में जो कुछ होता है, वह होता है। उसके संबंधों की बुनियाद सिर्फ उन्हीं में नहीं होती····

जी, मैं बहक नहीं रही हूँ। सुनना है तो पूरी बात सुनिए। टुकड़े-टुकड़े बातों से मेरा जी बहुत घबराता है। अगर आप सिर्फ मेरी शादी से कुछ पहले की, कुछ बीच की और अंत की बातें ही जानना चाहते हैं, तो मैं मशीन की तरह बताती जाऊँगी, क्योंकि मुझे बतानी पड़ेंगी। खामोश रहकर मैं न आपके कानून से बच सकती हूँ, न लोगों की हिकारत से और न अपनी बच्ची के सवालों से····

सिवा मेरी ज़िंदगी के कोई और जवाब मेरे पास नहीं है। जो कुछ है, वह मेरी ज़िंदगी में ही बिखरा हुआ है। वे लमहे, जिन्हें मैं कभी बिखरने नहीं देती, वे भी अब यादों से छिटक गए हैं, या छिटक रहे हैं। अब मुझे छुपाना क्या है ? किसके लिए और क्यों ?

जी····हाँ, यह सच है ! शादी से पहले मैं बिशन को चाहती थी। लेकिन इसका इस मामले से क्या लेना-देना है ? झूठ-सच के कुलाबे मत मिलाइए। मैं भगवान् का वास्ता देकर कहती हूँ····इसका कोई संबंध इस हादसे से नहीं है। भगवान् के लिए मुझे ज़लील मत कीजिए····।

मुझे नहीं मालूम, बिशन अब कहाँ है। यह तो बाईस साल पहले की बात है, बल्कि उससे भी एकाध बरस पहले की। नहीं, हमने कोई वादा नहीं किया था। नहीं, नहीं, नहीं, वह मेरी शादी के वक्त मौजूद भी नहीं था। उसने कोई धमकी नहीं दी थी। बिशन इस तरह का लड़का नहीं था। वह बहुत समझदार, गंभीर और ज़हीन था।

जी, गलत मतलब क्यों लगाते हैं ? इन शब्दों के इस्तेमाल से आपको लगता है कि मैं आज भी उसे चाहती हूँ। आप जो चाहे कह लीजिए। मैं क्या कह सकती हूँ। लेकिन क्या मुझे यह हक नहीं कि मैं अच्छे को अच्छा और बुरे को बुरा कह सकूँ ?

नहीं, मेरा बिशन से बस उतना ही प्यार था, जितना कि बाईस-चौबीस बरस पहले कोई भी लड़की किसी भी लड़के से कर सकती थी। मैं कब इन्कार करती हूँ कि वह मुझसे नहीं मिला। लेकिन मेरा एतबार कीजिए····शादी के बाद मुझे यह भी नहीं मालूम कि वह कहाँ गया····सच !

देखिए, फिर गलत बात कही जा रही है। मैं आत्मा की गहराइयों से कहती हूँ कि मेरे पति ने मुझे बेइंतहा प्यार किया। उन्होंने मुझे कभी तंग नहीं किया। मैंने····! इसकी गवाही तो सिर्फ वे दे सकते थे, अगर वे होते।

यह सरासर गलत है····आप लोग गलत और बेकार सवालों से सही नतीजे तक कैसे पहुँचेंगे ! इन सब फिज़ूल की बातों से आप उनकी मौत की वजहें नहीं ढूँढ़ सकते। शादी से पहले का, बादल के टुकड़े की तरह तैरकर गुज़रा हुआ इश्क····उस प्रेम की काली परछाइयाँ····पति-पत्नी की कलह, छोटे-मोटे झगड़े, घरवालों से तनाव या पड़ोसियों से मनमुटाव—ये सब बड़ी मामूली बातें हैं। आप अभी तक इन्हीं के सहारे सच्चाइयों तक पहुँचने में लगे हैं। इनसे कुछ भी हासिल नहीं होगा।

उनके साथ मेरी आखिरी रात ! अगर कहिए तो कुछ ऐसा बता दूँ ताकि आपका अंधा और बहरा कानून किसी नतीजे तक पहुँच जाए। लेकिन उस आखिरी रात में ऐसा कुछ भी नहीं हुआ था। हमेशा की तरह हमारी वह रात भी बहुत मामूली थी। एक ऐसी रात, जो औसत आदमी की रात हो सकती है।

मैंने, मैंने कोई ताना नहीं दिया था। वे गुस्से में कतई नहीं थे। हम दोनों ही एक-दूसरे को समझा लेते थे। पिछले कई बरसों से हमारी रातें यूँ ही गुज़रती थीं। हमारे पास और था ही क्या ? सिवा एक-दूसरे के····सिवा परेशानियों के।

बच्ची ! वह हमारे पास एक छोटी खाट पर सोती थी। जी, सिर्फ दो कमरे हैं। एक कमरा बैठक का काम देता है। शाम को वे घूमने गए थे। कभी-कभी देर में भी लौटते थे। पर वे वक्त से लौट आए थे। बच्ची के लिए चार टाफियाँ भी लाए थे। दो उन्होंने उसे दे दी थीं, दो दूसरे दिन के लिए कागज़ के नीचे रख दी थीं।

जी, इससे पहले वे एक सरकारी पत्रिका में थे।

हाँ !

जी हाँ, फोटोग्राफर ही थे। उन्होंने अपना धंधा कभी नहीं बदला। उन्हें भरोसा था कि एक दिन वे बहुत बड़े फोटोग्राफर बनेंगे। उनकी ज़िंदगी का यही मकसद था।

कभी नहीं····उन्होंने कभी मॉडल फोटोग्राफी नहीं की। अगर वे करते तब भी हमारे बीच कोई बाल नहीं आता। उनके लिए दुनिया में सबसे सुंदर औरत, पत्नी, लड़की—जो कुछ थी, मैं ही थी।

आप मुस्करा लीजिए····आपको मैं बहुत मामूली ही लगूँगी, पर आप मुझे मेरे पति की नज़रों से देखने की कोशिश कीजिए····तभी आप मेरी बात को समझ पाएँगे। कैमरा और मैं—बस, उनके लिए यही दो चीज़ें थीं····या फिर हमारी बच्ची ! कभी-कभी मैं उनके सीने पर सिर रख लेती थी, तो उनकी अंगुलियाँ मेरी कनपटियों पर उसी तरह थरथराती थीं, जैसे किसी ओझल हो जाने वाले लमहे को पकड़ने के लिए कैमरे पर काँपती थीं। मेरी अंगुलियों के पोर वे ऐसे दबाते रहते थे, जैसे शटर दबा रहे हों····हमारे प्यार के सबसे खूबसूरत क्षण यही होते थे।

ठीक कहते हैं आप। निजी बातों से आपका क्या लेना-देना। लेकिन मैं समझ नहीं पाती कि तब फिर आप कारणों को कहाँ से ढूँढ़ेंगे ? मेरी ज़िंदगी की मटमैली रोशनी से ही आपको कारण खोज पाने में सुभीता रहेगा। अगर ये क्षण न होते, तो मेरी

ज़िंदगी में और था ही क्या? बाईस बरसों का एक वीरान सफर! बेकार रह जाना और हर किनारे पर सिर पटकते जाना।

खैर, मैं चुप हो जाती हूँ।

पर आप ही तो कहते हैं कि इन बातों को रहने दीजिए। इनके सिवा मेरे पास और कुछ नहीं है। मुझसे बोलने को कहेंगे तो मैं यूँ ही बोलूँगी। आप चाहें तो टुकड़े-टुकड़े सवाल पूछ लीजिए।

जी हाँ, सरकारी पत्रिका में फोटोग्राफर के रूप में संबद्ध होने से पहले वे सरकार के ही प्रेस इन्फ़ारमेशन ब्यूरो में थे। फोटोग्राफर ही थे। मैंने कहा न, उन्होंने अपना धंधा कभी नहीं बदला। शुरू-शुरू में जब वे मुझे ज़रा-सी आँख दबाकर देखते थे तो मुझे बड़ी गुदगुदी होती थी। यह शादी के बाद शुरू दिनों की बात है। मुझे गुदगुदी इसलिए होती थी कि एक आँख दबाकर देखना····आप तो जानते हैं, मुझे भी अब हँसी आती है। पर यह उनकी आदत बन गई थी। जी हाँ, बड़ी बचकानी लगती है यह हरकत। पर कैमरे की वजह से वे मजबूर थे। बाद में मुझे उनकी इस आदत से कभी-कभी चिढ़ होती थी। पर फिर कुछ दिनों बाद मैंने जाना—जब भी वे एक आँख दबाकर मुझे देखते थे, तो सिर्फ मुझे ही देख रहे होते थे।

मैं माफी चाहती हूँ, क्या करूँ, लौट-लौटकर उन्हीं क्षणों पर पहुँच जाती हूँ। दुख तो अब उठाना ही है। जो हो सका, दोनों ने मिलकर उठाया····पर अब तो हम दोनों के वही क्षण शेष हैं, जो भूले-भटके कभी आ जाते थे····हँसी-खुशी के एकाध क्षण।

प्रेस इन्फ़ारमेशन ब्यूरो में वे करीब पाँच साल थे।

करीब छह साल सरकारी पत्रिका में।

चार-साढ़े चार साल एक विज्ञापन कंपनी में।

जी हाँ, उन्होंने हारकर नौकरी छोड़ दी थी। या कहिए कि छुड़वा दी गई थी। उन्होंने कोई गैरवाजिब काम नहीं किया था।

हाँ, वह सब जानकारी तो आपके पास होगी। सरकारी नौकरी की रिपोर्ट भी सरकार से आ गई होगी। ठीक है। उनकी दफ्तरी ज़िंदगी के बारे में मुझे ज़्यादा मालूम भी नहीं। सिवा इसके कि शादी के बाद शुरू-शुरू के सालों में वे बहुत उत्साहित रहते थे····

जी, तस्वीरों को लेकर!

तस्वीरें और कैसीं? वे सरकारी फोटोग्राफर थे। पंद्रह अगस्त, शानदार दावतें, आने वाले विदेशी मेहमान, लाल किले में स्वागत समारोह, शाही सवारी, शिलान्यास, उद्घाटन····इन्हीं सबकी तस्वीरें होती थीं।

फिर जिस साल से 26 जनवरी का जश्न शुरू हुआ—तब से ज़रूर कुछ लड़कियों-वड़कियों की तस्वीरें भी लेने लगे थे। लोक-नृत्यों की, झाँकियों की, नेवी के बैंड की, राष्ट्रपति की सवारी और सलामी की; तरह-तरह की तस्वीरें होती थीं।

एक बात गौर करने की है ! जब वे सरकारी पत्रिका में खास तौर से जोड़ दिए गए, तो लहराती खेती, बाँध, बिजलीघर, फैक्टरियों, मिलों, वनमहोत्सवों, नई रेलवे लाइनों, पुलों के उद्घाटनों, स्कूलों वगैरह की तस्वीरें उतारते थे। वे बहुत खुश होते थे।....कहते थे—आज़ादी का यही सुख है। पर कई बरसों बाद उनका यह उत्साह पता नहीं कहाँ खो गया था। उनके दिल में कुछ घुमड़ता रहता था। एक बार बोले थे—इन तस्वीरों से कुछ हासिल नहीं होता। मैं खुद कहीं भीतर से झूठा पड़ता जा रहा हूँ। शायद कुछ दिनों बाद मैं किसी से यह भी नहीं कह पाऊँगा कि तस्वीरें सच्ची होती हैं।

जी हाँ, उस दिन पहली बार मैंने उनकी आँखें बेहद लाल देखी थीं। लगता था, जैसे उनकी आँखों में खून उतर आया हो। मैंने त्रिफला का पानी बनाना शुरू कर दिया था। पर उनकी आँखों की लाली नहीं गई।

उन्हीं दिनों एक घटना हो गई थी। थार के रेगिस्तान को रोकने के संबंध में किसी मंत्री जी ने कोई बयान दिया था। शायद यह कहा गया था कि मीलों जंगल रोपकर रेगिस्तान का पूरब की तरफ बढ़ना रोक दिया गया है। ये जंगल की जो तस्वीरें लाए, उनमें जंगल कहीं नहीं था। रेगिस्तान ही रेगिस्तान था। पेड़ लगाए ज़रूर गए थे, पर वे सब सूख गए थे। गलती से वे तस्वीरें छप गई थीं। विरोधी दल के किसी सदस्य ने उन तस्वीरों का हवाला देकर मुसीबत खड़ी कर दी थी। यह सब शायद लोकसभा में ही हुआ था। मंत्री जी का बयान इनकी तस्वीरों से मेल नहीं खाता था। आदमी से गलती हो जाती है। इनसे भी हो गई थी। पर इस गलती पर इन्हें बहुत डाँटा-फटकारा गया था। मंत्री जी ने इन्हें हटा देने का आर्डर कर दिया था। उन दिनों ये बहुत परेशान थे। बस, उसके बाद इनका वहाँ रहना मुश्किल हो गया था।

तब मैंने इनकी लाल-लाल आँखों से खून का पहला कतरा गिरते हुए देखा था, रात-भर ये छटपटाते रहे थे। सुबह उठे थे तो इनका तकिया खून की बूँदों से रँगा हुआ था।

जी हाँ, खून ! मैंने भी पहले कभी नहीं देखा था, न कभी सुना था, पर यह हुआ था।

हमारे घर की हालत खस्ता हो गई थी।

जी हाँ, इसी के बाद नौकरी से ये अलग हो गए थे, एक तरह से मजबूरन इन्हें हटना पड़ा था। तब इन्होंने एक विज्ञापन कंपनी में काम कर लिया था। दो-तीन घंटे के लिए जाते थे। काम क्या, एक बहाना था। बहुत मुश्किल से गृहस्थी चलती थी। तभी बच्ची पैदा हो गई।

बच्ची के आने से हम कुछ दिनों के लिए ताज़ा हो गए थे।

नहीं, शराब इन्होंने कभी नहीं पी।

विज्ञापन कंपनी में भी नहीं।

मॉडेल-साडेल लेकर कभी घर नहीं आए।

जी हाँ, कभी घर से बाहर नहीं रहे। हर रात घर ही गुज़ारी।

जी नहीं, किस्मत के लिए कभी दोषी नहीं ठहराया।

बहुत अच्छी तरह पेश आते थे।

तस्वीरें ! कोई चार-छह हज़ार होंगी। पर सब सरकारी तस्वीरें हैं।

हाँ, वे बहुत तकलीफ के दिन थे।

दो सौ रुपया मिलता था।

जी बिलकुल। उन्हीं दिनों मुझे नौकरी करनी पड़ी।

स्कूल में।

मैनेजर कभी-कभी आते थे।

इन्होंने कभी मना तो नहीं किया।

जी हाँ, कभी-कभी ये पहुँचाने जाते थे।

बच्ची इन्हीं के पास रहती थी। ये ज़्यादातर घर पर ही रहते थे।

जी नहीं, विज्ञापन कंपनी की नौकरी खत्म हो जाने के बाद, जी।

फिर इन्होंने अपना काम शुरू कर दिया था। जी नहीं, इधर-उधर अखबारों को तस्वीरें भेजते थे। घर के बाथरूम में डार्करूम बना लिया था। बच्ची की भी बहुत-सी तस्वीरें ली थीं। कुछ अखबारों में छपी भी थीं। पर उनसे आमदनी कोई खास नहीं थी। घर का खर्चा मेरी नौकरी से निकलता था।

भगवान् के लिए मुझे फिर ज़लील मत कीजिए। मैं मैनेजर के घर जाती थी, पर इसका मतलब यह तो नहीं कि···मैं यहाँ भी तो हाज़िर होती हूँ !

आप कहते हैं तो मैं अपने इस जुमले के लिए माफी माँग लेती हूँ। क्या करूँ ! दिल छिदता है तो यही सब मुँह से निकलता है। जी ! मुझे, जी, माफ···जी ! किया जाए···जी ! जुमला···जी ! वापस लेती हूँ···

मेरी उम्र, उस वक्त···अब अड़तीस है, उस वक्त बत्तीस रही होगी।

मैनेजर साहब, वे साठ के करीब थे। हाँ, कहा था। एक बार। मैंने इन्हें बता दिया था कि मैनेजर तुम्हारा सुबह-शाम स्कूल में आना पसंद नहीं करते। लड़कियों का स्कूल है इसलिए, शायद इन्हें कुछ बुरा लगा हो। हो सकता है।

लेकिन मैं फिर आपसे कहती हूँ—इन वजहों पर मत जाइए। ये वजहें कतई नहीं हैं। किस्से-कहानियों की बातें और होती हैं। यह मेरी ज़िंदगी की हकीकतें हैं। इस तरह मखौल मत उड़ाइए। मेरे अच्छे दिनों को गंदा मत कीजिए। तकलीफों के दिन सही, पर हम आदी हो गए थे। हमारे लिए वे ही अच्छे दिन थे। मेरा प्रेमी···या मैनेजर···या वह संपादक, जो बाद में इनके साथ मेरे घर आने लगा था—वे सब इस काम-धाम की ज़िंदगी में सभी से टकराते हैं। कहीं वे वकील, दोस्त और अफसर हो सकते हैं, कहीं डॉक्टर, ठेकेदार और इंजीनियर हो सकते हैं···लोग तो ऐसे ही होते हैं। कोई भी तीन या चार या दस हो सकते हैं। पर इससे आप क्या अर्थ निकालना चाहते हैं ? ज़िंदगी और

मौत का निपटारा इन मामूली कारणों से कीजिएगा ? ख्वाहमख्वाह के दाग लगाइएगा !

ओह, मैं माफी चाहती हूँ।

संपादक ! वह एक ऐसे ही मामूली अखबार का था। अपने काम-धाम के सिलसिले में ही इनकी जान-पहचान हुई थी।

जी, गर्मियों की छुट्टियों की तनख्वाह स्कूल से नहीं मिलती थी। छुट्टियों में हमें नौकरी से हटा दिया जाता था। सेशन शुरू होने पर फिर रख लिया जाता था। छुट्टी के उन दो महीनों में हमारी हालत बहुत खराब हो जाती थी। बच्ची भी सामने थी।

यह कहना सरासर गलत है कि उस संपादक की वजह से मैंने नौकरी छोड़ी। उस संपादक का कोई झगड़ा मैनेजर साहब से नहीं हुआ था। मेरी वजह से बिलकुल नहीं। मैं क्यों वजह बनती उनके झगड़े की ! वह संपादक ही ऐसा था। उसके अखबार से सब घबराते थे। झगड़े का कारण वह अखबार था।

नहीं, नहीं, नहीं····मेरे निर्दोष पति पर इल्ज़ाम मत लगाइए। मैं जानती हूँ, आखिर में यही इल्ज़ाम घूमकर मुझ पर आएगा। मेरी भरी-पूरी ज़िंदगी की बखिया उधेड़ेगा। मैं खूब जानती हूँ, आप लोग मुझे कहाँ ढकेल रहे हैं। क्या कानून का काम सिर्फ सबूत इकट्ठे करके किसी को ज़लील कर देना है ? मैं अपने पति की मौत की ज़िम्मेदार कैसे हो सकती हूँ ?

आप मुझे काँटों में क्यों घसीट रहे हैं ? जी हाँ, उस संपादक से मेरे पति की खासी दोस्ती हो गई थी। ठीक है, आप खासी शब्द को नोट कर लेना चाहते हैं, ज़रूर कर लीजिए, पर शब्दों से आप सत्य तक नहीं पहुँचेंगे। सत्य हमेशा कई तरह की बातों पर निर्भर करता है। आदमी के इतिहास, परिस्थितियाँ, माहौल, किसी खास घटना-क्षण के यथार्थ और सबसे ज़्यादा उसकी अपनी आंतरिक यातनाओं की टीस पर, पति के दुखों या उसके सुखों का कारण सिर्फ पत्नी नहीं होती। यह धारणा बिलकुल गलत है। दोनों एक-दूसरे को बेतरह चाहते हुए भी एक-दूसरे से मुक्त भी होते हैं····जुड़े हुए भी अलग होते हैं। पानी की लहरों की तरह।

जी नहीं, मैं दर्शनशास्त्र नहीं पढ़ाती। कुछ शब्द समझ में नहीं आए। इतिहास, परिस्थितियाँ, यातना, मुक्त ! इनके अर्थ मैं नहीं कर सकती। आप कृपया हिंदी-अंग्रेज़ी डिक्शनरी में देख लें। हो सकता है लिखे हुए अर्थ मेरे शब्दों की गहराई तक न पहुँचा पाएँ। खैर, क्या किया जा सकता है। जी नहीं, मैं भाषण नहीं दूँगी। सिर्फ घटनाएँ बयान करती जाऊँगी।

खासी दोस्ती ! यह दोस्ती, ज़रूरत पर भी टिकी हुई थी। हाँ, वह संपादक घर पर खाना खाने भी आता था। मेरे पति ही बुलाते थे। मैं उसके साथ कहीं नहीं जाती थी। उसकी नज़रों में भी कोई खास गंदगी मुझे नहीं लगती थी। जिसे आप शायद गंदगी कहना चाहेंगे, वह सबकी नज़रों में होती है। उसे आप आदमी-औरत के बीच का मामूली खिंचाव कह सकते हैं और उस खिंचाव को अगर गंदा, ओछा या बुरा न माना

जाए, तो वह बड़ी मामूली-सी चीज़ है। अपने को शीशे में देखते रहने की तरह, हर आदमी हर औरत के आईने में अपने को देखता है। ज़रूरी नहीं कि इसमें उम्र या संबंधों का हाथ हो।

यह खबर आपको गलत दी गई है। छुट्टियाँ खत्म होने के बाद मुझे स्कूल में फिर रख लिया गया था। जी नहीं, मैंने संपादक और मैनेजर के झगड़े की वजह से नौकरी नहीं छोड़ी। यह सरासर गलत है।

जी, उसके अखबार में भंडाफोड़ किस्म की रिपोर्टें छपा करती हैं।

संपादक ने मैनेजर के कारनामों को लेकर कोई रिपोर्ट न तो लिखी थी, न छापी थी। उसने ब्लैकमेल नहीं किया था। आप इसे मेरा सुझाव कैसे कह सकते हैं? संपादक को बचाना या उसकी नीयत को साफ बताना केवल एक सच्चाई है। इसे आप मेरे दिल की कमज़ोरी कैसे कह सकते हैं? यूँ औरत का दिल हर कमज़ोरी के प्रति कमज़ोर होता है।

यह कहना सरासर गलत है कि मेरे पति ने किसी तरह का समझौता कर लिया था। आप उनकी मौत के असली कारणों को इतनी छोटी और बेहूदी बातों से क्यों जोड़ रहे हैं? अगर आप समझ सकें तो मैं कुछ उनके बारे में बयान करूँ····

मैंने आपको बताया था कि उनकी आँखें लाल रहने लगी थीं। गलत तस्वीरें छप जाने के बाद उनके साथ जो कुछ हुआ था, उसे वे बर्दाश्त नहीं कर पाए थे। उनका विश्वास अपने काम पर से उठ गया था। आप सोच सकते हैं कि जब आदमी का यकीन अपने काम पर से उठ जाए तो उसकी क्या हालत होती है! वे तस्वीरें जो उन्हें विश्वास देती थीं, एकाएक उनके विश्वास को तोड़ गई थीं। क्योंकि उन्हें सच्चाई से काट दिया गया था। वे वही कह सकते थे, जो दूसरे चाहते थे। इस नतीजे पर पहुँचने के बाद उनकी आँखों से खून के कतरे पहली बार गिरे थे।

आप चाहते हैं तो आँसू कह लीजिए। लेकिन यह ठीक नहीं है। मैं कतई बढ़ा-चढ़ाकर नहीं कह रही। सचमुच वे खून के कतरे थे। जी हाँ, कभी-कभी कुछ बातें ऐसी भी होती है, जो न पहले देखी हुई होती हैं, न सुनी हुई। वे बस अजीब होती हैं।

खैर···उन दिनों मैं काम पर जाने लगी थी। वे घर में बच्ची के साथ वक्त गुज़ारा करते थे। उस दिन इतवार था। उन्होंने बच्ची को पड़ोस में खेलने को भेज दिया था। नहीं, झगड़े की कोई बात नहीं थी, उलटे उस दिन वे बहुत प्यार में भरे हुए थे। बहुत दिनों बाद उन्होंने मेरा हाथ अपने हाथ में लेकर अंगुलियों को शटर की तरह दबाया था।

उन्होंने मुझसे ब्रेसरी उतारने को कहा था। मैं थोड़ा सकुचाई थी। दिन का वक्त था। वे कैमरा लिए बैठे थे। फिर उन्होंने मुझे वाइल की झीनी साड़ी पहनने को कहा था। मुझे तरह-तरह से बैठाया और लिटाया था और तस्वीरें ली थीं। उस वक्त उनकी एक आँख पहले की तरह काँप रही थी। मैं समझ गई थी—वे सिर्फ मुझे देख रहे थे।

उस वक्त जब वे तन्मय थे····जी, यानी अपने में डूबे हुए थे, तब भी आठ-दस बार उनकी आँखों से खून के कतरे टपके थे। उन्होंने मुझे बुरी तरह थका दिया था। खुद भी बेतरह थक गए थे। उसके बाद वे बिस्तर पर लेट गए थे और छत की तरफ टकटकी बाँधे देखते रहे थे। मैं कपड़े पहनकर उन्हें चाय देने आई थी तो उनकी आँखों में खून डबडबा रहा था। उस वक्त मुझे डर भी लगा था कि कहीं अगर उन्होंने प्यार से देखने के लिए आँख झपकाई तो डबडबाता हुआ खून बह पड़ेगा। चाय मैंने सिरहाने तिपाई पर रख दी थी। वह वहीं रखे-रखे ठंडी हो गई थी।

खाना खाते वक्त वे कह रहे थे कि कुछ कमाई हो जाए, तो एक टेली-लेंस खरीदना चाहते हैं, ताकि बाज़ार के लायक काम कर सकें। उसी के लिए उन्हें कुछ रुपए की ज़रूरत थी। यों घर मेरी तनख्वाह से घिसट भर रहा था। ज़रूरत तो तब भी पड़ती थी। खाना खाते हुए ये कार्श, स्टीगलिट्ज, स्टाइशन, स्ट्रैंड, वेस्टन, स्मिथ, अवेदोन, पाल, काशीनाथ, पारीख वगैरह के नाम बराबर ले रहे थे।

नहीं-नहीं, गलत मत समझिए। ये मेरे दोस्तों या चाहनेवालों के नाम नहीं हैं। आप लोग हमेशा गलत रिश्ते जोड़ते हैं····हमेशा आदमी के अस्तित्व पर शक करते हैं····अस्तित्व !····जी, वजूद समझ लीजिए। यह आदमी की अपनी ज़िंदगी के कानून का शब्द है। यह आपको किताबों में नहीं मिलेगा। खैर, शाम को ही उन्होंने फिल्म डेवलप करके प्रिंट बना लिए थे। प्रिंट देखते हुए वे बहुत संजीदा थे। मुझे नहीं मालूम, उन्हें क्या हुआ था। मेरी वे तस्वीरें लेकर वे शीशे के सामने खड़े थे। तस्वीरें देखते थे और अपना मुँह आईने में देखते जाते थे।

बस, उसी वक्त उनकी आँखों से खून की धार रिसने लगी थी। उस शाम से जो खून टपकना शुरू हुआ, फिर नहीं रुका, जब तक वे जीवित रहे, लगातार खून टपकता रहा।

संपादक ने मेरी दो तस्वीरें अगले दिन छापी थीं। बस, यहीं से हंगामा शुरू हुआ था। मेरी वे अधनंगी तस्वीरें स्कूल के मैनेजर तक भी पहुँचीं थीं। उन्होंने फौरन तय किया कि इस तरह की औरत का स्कूल में रहना एक पल के लिए भी मुमकिन नहीं। मुझे उसी वक्त क्लास से बुलाया गया था और खड़े-खड़े हिसाब कर दिया गया था।

अब आप समझ सकते हैं कि स्कूल से निकाले जाने की वजह क्या थी ! संपादक और मैनेजर का कोई झगड़ा नहीं था। मुझे लेकर उनमें कोई दुश्मनी नहीं थी। मेरे और संपादक के संबंधों को लेकर भी कुछ सोचना या समझना कतई गैरज़रूरी है। उनकी मौत का कारण इन सतही वजहों में मत खोजिए।

जी, खून की धार की वजह मैं क्या बता सकती हूँ ? जो बातें मेरे वश में नहीं हैं, उनके नतीजों को मैं सिर्फ देख सकती हूँ····कर क्या सकती हूँ ! अगर बहुत मामूली तरह से सोचिए, तो वजह मैं हो सकती हूँ, वे खुद हो सकते हैं, वे तस्वीरें भी हो सकती हैं और वह आईना भी हो सकता है, जिसमें बार-बार वे अपनी शक्ल देख रहे थे। नतीजों और

उनके कारणों तक पहुँचने का यही सबसे आसान तरीका हो सकता है कि सारी ज़िम्मेदारी इन चार चीज़ों पर थोप दी जाए—मैं, वे, तस्वीरें और आईना। इसे सही साबित करने के लिए ज़रूरत पड़े, तो मेरे तथाकथित प्रेमी बिशन, मैनेजर साहब या संपादक को ज़रूरत के मुताबिक जोड़ लिया जाए। मैं और क्या कह सकती हूँ? मुझे दोषी ठहरा दीजिए।

जी, मैं उस वक्त घर में नहीं थी।

बच्ची, बच्ची उन्हें बहुत प्यार करती थी। जी हाँ, बच्ची ने भी उनकी आँखों से लगातार खून की धार गिरती देखी थी। वह बहुत डर गई थी। उसने मुझसे पूछा था—मम्मी, पापा की आँखों से खून क्यों गिरता है? मैंने उसे प्यार से समझा दिया था—बेटे, तेरे पापा की तबीयत अच्छी नहीं रहती। उन्हें कुछ बीमारी हो गई है।

बच्ची मेरी बात से संतुष्ट नहीं हुई थी। उसने उनसे पूछा था। उन्होंने भी यही कहा था—मेरी तबीयत अच्छी नहीं है। उस दिन से बच्ची का डरना छूट गया था। खून की धार गिरती रहती थी और वह उनकी गोद में, या गले में लिपटकर प्यार करती रहती थी। कभी अपने नन्हे-नन्हे हाथों से बह आए खून को पोंछ देती थी।

मैंने बताया न, मैं एक जगह काम खोजने के सिलसिले में ग्यारह बजे से गई हुई थी, बच्ची पढ़ने स्कूल गई थी और वे घर पर अकेले थे।

जी हाँ, नौकरी छूटने के दूसरे दिन की बात है। मुझे इस हादसे का कोई एहसास नहीं था। जब मैं गई थी, तब खून ज़रा ज़्यादा ही गिर रहा था। लेकिन यह तो मामूली और रोज़ाना की बात थी।

जी, उन्होंने छत के कड़े से लटककर फाँसी लगाई थी। रस्सी, रस्सी कहाँ थी? चादर थी।

मुझे कोई खबर नहीं मिली। कोई मुझे कहाँ खबर देता? मैं चार बजे के करीब वापस आई। तब तक सब हो चुका था। पुलिस आ चुकी थी। उनकी लाश को उतारकर पलंग पर लिटा दिया गया था। जी नहीं, जिस चादर से उन्होंने फाँसी लगाई थी, वह वहीं लटकी हुई थी। उन्हें दूसरी चादर उढ़ा दी गई थी। पास-पड़ोस के लोग जा चुके थे। सिर्फ एक पड़ोसी परेशान-से घूम रहे थे। जब मैं आई, तब पुलिस का एक आदमी पहरे पर बैठा हुआ था। उसे देखकर भी मैं कुछ नहीं समझ पाई थी। मैंने यह सोचा ही नहीं था कि कभी यह भी हो सकता है।

सबसे पहले किसने बताया? मेरी बच्ची ने। जी हाँ, वह स्कूल से दो बजे आ जाती है। वह मुझसे पहले आ गई थी। वह बाहर खड़ी थी। हमेशा की तरह। मुझे देखते ही वह दौड़कर आई थी और मेरी टाँगों से लिपट गई थी। मैंने उसे प्यार किया था। पर वह कुछ बात कहने के लिए उतावली थी। वह एकदम चहककर बोली थी—मम्मी, मम्मी! पापा की तबीयत अच्छी हो गई! वे आराम से लेटे हैं....

जी, बच्ची ही ने सबसे पहले बताया था। मैं कमरे में पहुँची, तो सब समझ में आ

गया था। मैं दीवार से सिर पटक देने के सिवा क्या कर सकती थी!

वे निश्चल लेटे हुए थे। नाखून और ओंठ नीले पड़ गए थे। शरीर पीलिया के रोगी की तरह पीला-पीला था। हाँ, आँखें बंद थीं। और बिलकुल सूखी हुई। उनमें खून क्या, नमी तक नहीं थी। रेत में पड़ी सीप की तरह···

इसके बाद जो कुछ हुआ···उसकी तफसील आपके पास है ही। आत्महत्या से पहले की जो बातें थीं, वे मैंने सामने रख दी हैं।

फैसला···कुछ तो होगा ही। और वह व्यक्ति के खिलाफ ही हो सकता है। जी, व्यक्ति माने अकेला आदमी, जैसे अकेली मैं····या आप या आप···

□□